云上花开

谭明友 李御娇 芮华勤 著

陕西新华出版
太白文艺出版社·西安

图书在版编目（CIP）数据

云上花开 / 谭明友，李御娇，芮华勤著. -- 西安：太白文艺出版社，2025.1. -- ISBN 978-7-5513-2819-7

Ⅰ．I217.1

中国国家版本馆CIP数据核字第2024AH7831号

云上花开
YUN SHANG HUA KAI

作　　者	谭明友　李御娇　芮华勤
责任编辑	党　铫　睢华阳
整体设计	建明文化
出版发行	太白文艺出版社
经　　销	新华书店
印　　刷	文畅阁印刷有限公司
开　　本	787mm×1092mm　1/16
字　　数	280千字
印　　张	20.5
版　　次	2025年1月第1版
印　　次	2025年1月第1次印刷
书　　号	ISBN 978-7-5513-2819-7
定　　价	79.80元

版权所有　翻印必究

如有印装质量问题，可寄出版社印制部调换

联系电话：029-81206800

出版社地址：西安市曲江新区登高路1388号（邮编：710061）

营销中心电话：029-87277748　029-87217872

| 自序 |

为什么要坚持文学创作

我时常问自己，我为什么要坚持文学创作？随着思考的深入，我慢慢找到了答案。文学，让我找到了精神家园，让我知道如何去实现人生价值，让我明白如何去升华生命。

文学是我的故乡

故乡，是一个人出发的地方。它充满着童年的快乐，寄托着儿时的梦想，记录着成长的足迹，激励着你勇往直前，期待着你的凯旋。在故乡，烦恼少了，压力小了，你的身心得到放松，你觉得自己是个无拘无束的人。转眼间，我离开故乡已有十三个年头。每每回望故乡，心中便升腾起无限的思念。如今，我找到了故乡的另一种存在，这就是文学。无论工作多累，只要坐下来，沉浸到写作的世界里，我就能感受到心灵的轻松和愉悦，一段段文字的汩汩而出让我惊喜又充满成就感。与文学世界中的人物对话，倾听他们的诉说，体悟他们的悲欢离合，为他们伤心，为他们欢喜，为他们感动。2017年以来，我开始认真思考有关文学创作的问题，并于2018年正式开始创作武侠小说《武陵侠侣传》。在小说世界里，我的心灵是高度自由的，想象是天马行空的，心旌随着情节摇曳。我可以抛却现实生活中的琐碎与繁杂，尽情地遨游于我所营造的文学世界里，不必小心谨慎行事，也不必拘泥于人情世故。我在文学的世界里，找到了故乡的感觉。文学，让我在精神上实现了对故乡的皈依。

文学是我的梦想

刚毕业步入社会，前途一片迷茫，不知自己将走向何方，也不知自己想要的是什么，梦想的天空一片朦胧。那时候，好像什么都想抓住，但又明显感觉到什么都难以抓住。那段时间，是最迷茫的，以至于有限的时间和精力被分散，东一榔头西一棒子，几年下来，好像接触了方方面面，又好像什么也没有接触，一切都浮在表面，心根本没有沉到水底。工作几年之后，那一片朦胧慢慢清晰，就好比漫天大雾逐渐消散一样，前面出现了若干座"山头"。每一座"山头"就是一个梦想、一个目标。在这些"山头"里，有创业，有考公务员，有做一名人民教师……有那么一个阶段，我的思想在这些目标中左右摇摆，当我伸手想去抓住其中一座时，却发现根本无法抓住。随着时间的推移，许多的"山头"纷纷退后或者从我的面前消失，一座更加生动具体的"山头"出现在了我的眼前，这便是文学。我开始发现，没有什么诱惑能够动摇我对文学的热爱。尤其是近三年，我对文学又有了新的认识。文学之于我，是愿意用一生去追求的梦想。在我心里，如果今生能在文学领域实现某种意义上的突破，我便觉得实现了我来到这个世界的价值。文学，逐渐成为我人生的终极梦想。我知道，要实现这个梦想，需要付出无数的心血和汗水，忍受常人难以忍受的孤寂，但人生有限，为了心中的梦想，付出再多都是值得的。既然梦想已经找到，那就快马加鞭，集中全部心力，向着梦想的方向，奋勇前行，不再犹豫，不再观望，也不再彷徨。

文学是我的生命

我曾经无数次仰望星空，并问自己：浩瀚星空，哪一颗星是我的呢？我又无数次回望历史，不由得对那些能够在漫漫历史长河中留下自己名字的古圣先贤充满敬仰。人类历史源远流长，中华文明上下五千年，无数生命来到了这个世界，但能够在这个世界留下点什么并让后世记住自己名字的人，虽然汇聚起来灿若群星，但分散开来却是凤毛麟角，因为这些在历史的天空留下自己名字的人的总和，估计都不足整个历史长河中人口总和的千万分之一。在这些青史留名的人中，他们或是政治家，或是科学家，或是哲学家，或是文学家，或是诗人……他们以自己独特的方式在历史上留下了自己的痕迹。我知道我无法成为政治家、科学家，也成不了哲学家，但我却有可能在文学方面实现突破，从而用文字的方式将自己的名字留在这个世界上。人来到这个世界，总有一天要离去，这是任何人也无法逃避的规律。但我相信，只要我数十年如一日地在文学领域持续耕耘，总能在文学的天空留下自己的那一笔。如果最终我在文学上实现了突破，那么，即便有一天我离开了我热爱的这个世界，但我的名字以及我的作品却可以在这个世界继续流传，我的文字将代替我活在这个世界上。从这个意义上说，我的生命因为文学而得到了延续。

　　文学的世界没有止境，创作的征途没有驿站。既然选择了，就只顾风雨兼程。"不问收获，但问耕耘"，纵然前路千难万难，抑或是万水千山，我将沿着文学的道路一往无前，永不言弃，直到生命的尽头。

本文写于2019年7月2日

目录

散文篇

情

老婆的"阴谋"	003
我和老婆一起去兜风	005
相爱三周年的中秋佳节	009
想念我的大学	012
两年后的相会	014
明天是岳母的生日	017
用双手创造属于我们的幸福生活	020
我们的第一个共同的双休	023
我们的小家	027
我与弟弟的故事	029
羊城雨后空气新,举杯开怀兄弟情	038
小姨父,一路走好	042
夜已很深,我仍在想你	045
放假了,就该回家	047
老谭当爹记	051

收拾心情，准备回家	068
夏夜小记	070
浓浓的国庆，淡淡的秋	072
凌晨四点的端午	077
翻山越岭，只为见久别的亲人	080
春节回乡略记	090
清明回乡二三事	099

景

心中那月	104
入春以来的第一场大雨	106
登白石山记	108
初夏听雨	110
荷塘月色	113
消失在没有诗意的城市里	116
心弦清脆	119
躺在春天的怀抱里	121
最喜这样的小雨	124
周末的遐想	127
细雨霏霏	129
又是一年梅花开	132
十里银滩度假记	135
故乡的早春	140
享受难得的雨天	142

悟

生命如歌	144
由骑自行车的男人的快乐想到的	146
这样刹车比较美	150
五毛钱的启示	152
习惯了，就真的那么好吗？	154
远　方	157
浅谈人生中的三道茶	159
何谓幸福的生活	161
树的境界	164
拜谒岳飞墓的感悟	168
匆匆那年，我们丢了什么	170
路，只有走了，才知道有多远	172
克服恐惧的良方	175
与庸俗不堪的自己说再见	178
从病痛中走出，怀揣梦想上路	181
听，茶醒的声音	183
我想要的生活	186
享受孤独	188
快三十五了，我的梦想还有救吗？	190
含羞草	194
业务人眼里不能有"不行"二字	196

志

有感于孔明舌战群儒	198
难得的时光	200
北京三日	203
发愤读书	218
第一次在珠江边跑步	221
由博友的《今夜月光澄明》想到的	223
七月如火	226
2010年，我在学习中前进	229
永远的地坛	232
想念那连绵起伏的群山	235
默默地消化，平静地面对	238
秋天来得太突然	240
七夕夜话	242
奋斗吧，少年	245
让改变发生	249
2015年的五个字	251
由读《白鹿原》想到的：我该往何处去？	255
有关成功的四点感悟	258
跑步机上的独白	261

诗歌篇

朝阳点燃我的心	265
抒　怀	268
二伯逝世祭	270

秋日抒怀	271
登　高	272
呓　语	273
甲午除夕前夜宿武汉	274
百合花在天堂盛开	275
傍晚小吟	277
七夕大雨	278
时有故人来	279
我若为花魂	280
午　后	281
秋	282
清　晨	283
中　秋	284
清晨题廉叔雅苑	285
随　想	286
叶子落了	287
羊城之春	288
天渐晚	289
晨曦小吟	290
致阳台上的烟灰	291
大雨淋湿了我的阳台	293
神农架	295
独　酌	296
月季花开	297
梦里写的诗	298

让我为你卸下战衣	299
幺妹已回大野	300
遐　思	302
夜雨小唱	303
吃粑粑	304
夏夜与山野君饮酒	306
奔跑的意义	307
虎耳草	309
午　后	310
业务人在北京	311
凌晨一点	312
题南护城河	313
小年自琼返粤二首	314
夜　雨	315
仲春首次小区漫步	316
夏日午后湖边行	316

散文篇

情

老婆的"阴谋"

2006年12月1日的晚上,老婆要加班,但她还是习惯性地准备洗了头再去上班,而我没事,就在一旁默默地看电视。大约二十分钟后,老婆从卫生间出来,一股清香迎面而来。"哇,怎么这么香啊?!"我情不自禁地赞叹道。她一拉我的手,我们便出了门。

先前只是闻到她头发散发出的香味儿,却没注意到她的发型。由于楼道有风,那淡淡的玫瑰花的香味儿再次"袭击"了我。我一看,她那一头披肩的长发仿佛一挂从天而降的瀑布倾泻在她的肩上,又有一部分从后背顺流而下。一时间,我的思绪回到了大学时代,回到了那年金秋十月,回到了那张土黄色的课桌……

她看到我一脸的兴奋,打趣道:"你是不是被我迷倒了呀?"

"哈哈,你还别说,我真被你迷住了。当初就是因为你这一头秀发,我就不知东西南北了,看来你对我早就有'阴谋'了!"

"哟,你又不是帅哥,我能有什么'阴谋'啊?"

…………

南国初冬的夜晚，有些凉意，我们就这样边走边说说笑笑，现实中的许多不快和生活的压力都慢慢模糊远去，我们在生活的边缘拾起记忆的花瓣，在我们过往的点点滴滴里寻觅那难得的清闲和快意。

其实，人生有很多时候都不那么让我们满意，世俗的喧嚣和龌龊不经意间就会侵蚀我们的灵魂，让我们感到生存的艰难，但我们绝对不能因此就放弃人生，也绝对不可以因此就放弃对幸福的追求。结果是瞬间的，只有过程才是耐人寻味的；结果就如流星转瞬即逝，而过程则如路途弯弯曲曲从远方而来，又向远方而去。

我和我的老婆只是千千万万人中的一对普通夫妻，但我们真挚的感情却是独特的，我们之间的故事自然也是与众不同的。生活中固然有很多无奈，但互为人生伴侣的我们，却看到了生命里最珍贵的元素，看到了生活里最令人感动的地方。而我惊奇地发现了老婆一个个针对我的"阴谋"，无疑，我被她的"阴谋"击中了，可我不得不承认，我是幸福的，她也是幸福的！

（本文写于2006年12月1日）

我和老婆一起去兜风

虽然还没结婚,但我已习惯叫她老婆了,觉得这样亲切些。

好久没休息了,感觉很疲惫。昨天,我决定休息。于是,约上她,我们去了小榄的河边。

我穿着背心、运动裤和拖鞋,吹着河风,那感觉才叫爽呢!可惜她居然没有穿得很休闲。看到我穿得很休闲,她说:"好不协调哟!"我说:"没事的。"

对于老婆,我是既怕又不怕。怕她生气发脾气。让她高兴、让她快乐,是我最大的乐趣。要是看见她痛苦或者不开心的话,我也会很难受。所以,我大多数时候都是一个"乖孩子"。有时被她宠着,感觉自己真的像个孩子。男人被女人宠着,其实也蛮舒服的。说我不怕她,那是因为我顽皮,我会在她高兴的时候耍赖,在她得意的时候开她玩笑,说她自作多情或者是个自恋狂,这时的她绝不会生气,要么就是揪我耳朵,要么就是掐我,而我总是笑呵呵地说:"舒服!免费按摩!好舒服啊!"弄得她无所适从,找不出可以好好惩罚我的方法。每当这时,我总是很得意,尤其是看到她那楚楚可怜的样子。于是,我把她紧紧抱在怀里,给她一个吻。风儿从窗前掠过,留下一片爽朗的笑声。

我们买了很多零食,有我爱喝的罐装啤酒,也有她喜欢的菠萝啤,还有水果、花生和一些饼干、薯片、虾条……

我们来到东凤渡口,我推着单车,她跟在后面,然后我们上了渡船。河风轻轻吹起她的头发,她依偎在我身边,挽着我的手臂。一会儿,车管员过来了,问我:"车是你的?"我说:"是啊,一共多少?"他说:"两块五。"我把钱给了后,转头对她说:"那个人说你和车都是我的,一共两块五,车两块,你只值五毛,哈哈!"她嘟着嘴,说:"你才不值钱呢!跟车搭在一起。"

我们下了渡船,上了岸,来到了河边的大树下。空气好清新,那树郁郁葱葱的,树下铺着鹅卵石,踩在上面非常舒服。而且,树叶把太阳挡得严严实实,下面很凉爽。我们在石头上面铺了报纸,然后拿出买的零食,就大口吃起来。我们一边聊天,一边喝着啤酒、吃着零食……心情放松了,那根紧绷的神经也渐渐放松了。

路边,时而有人走过,有带着儿子的老爸,有手牵着手的情侣,有骑着自行车的一家三口……而河上的轮船也不时经过,留下翻滚的水花。在河边还有很多"水上人家",他们都生活在船上。我老婆说:"他们怎么生活啊?一没地,二没房。"我说:"人家才过得滋润呢!船就是他们的家。他们可以打渔,也可以去外面打工。你看,他们过得不是好好的吗?"

一条船上,一个男人正在洗衣服,他用桶打水,又将废水倒进河里。记得曾有人说,真正的渔民以船为家。他们吃喝拉撒都在船上,年复一年、日复一日地在河面漂来漂去，风雨来了，他们与大浪搏击，他们自由自在地生活着。我不禁佩服起他们来了。

带来的食物快吃完了，我们开始收拾。这时，旁边收音机发出的声音引起了我们的注意。一个人在两棵树之间挂起了一张网，然后就躺在那张网上。他悠闲地摇着蒲扇，听着收音机……"自由自在地生活"在这里得到了诠释。

之后我们开车去了大福源（小榄最大的商场），在那里买了一些东西后就返程了。回到东凤已经是下午四点，我们买了猪蹄准备回家炖了吃，感觉好久没吃肉了，很想大吃一顿。

回到宿舍，我们就忙碌起来。我们用红枣、核桃、莲藕炖猪蹄，闻起来就香，不愧是老婆的手艺！想当初，她都不怎么会做菜，如今，还能拿出几道拿手菜，这让我没少夸她。而每次一夸，她就骄傲起来："哼，今天才知道啊？"两个小时后，香喷喷的猪蹄就炖好了……

再过几天就是我们相爱三周年的纪念日了，心中有些激动。三年的时光转瞬即逝，感觉快乐每一天都追随着我们。虽然我们也有过小小的争吵，但现在看来，那就如朵朵美丽的浪花，不仅没有影响我们的感情，反而让我们更加深入地了解了对方，心越走越近，最后心心相印。

三年，说长也长，说短也短。说长，那是因为我们一起经历了数不胜数的风风雨雨和酸甜苦辣；说短，三年就像三天一样，转瞬即逝。对对方的那份爱，对感情的那份执着，对美好未来的那份憧憬，无时无刻不在撞击着我们的心灵。

生活，需要激情，也需要浪漫；人生，需要经营，也需要品味。钱是挣不完的，而快乐比金钱更重要。在工作之余，去享受快乐，去外面兜兜风，不失为一种很好的选择。

（本文写于2007年9月17日）

相爱三周年的中秋佳节

听到她爽朗的笑声,我也感到无比高兴,因为我的目的达到了,我要给她惊喜,给她快乐。

本来,昨晚回到宿舍已经不早了,我又得做饭,吃了饭还要洗衣服、洗杯子,做完这些,已经是晚上十点多了。

想到第二天就是中秋节,又是我与她相爱三周年的纪念日,我还是违背了她的禁令,我想为她做点什么。我当然知道她不让我随便花钱,而且不准我为她买礼物。然而,我还是不受控制地走出了宿舍,并顺手锁上了门。给她送点什么呢?吃的?喝的?穿的?似乎都不大妥。感觉还是送花比较好,我也喜欢。虽然她曾说"花好看,但不能长时间保存",但美丽的东西向来如此,唯有记住花香,记住花带来的开心与欢笑才是最好的。所以我还是决定送花给她,相信她会喜欢的。

街上的店铺有很多已经关门了。逸湖半岛旁边的那家花店虽然还亮着灯,但门已经关上了。于是,我就朝前走。我分明记得在公路对面有一家花店的,但我走了很远也没看到,估计也关门了。因为这时已经快晚上十一点了，大多数商家都打烊了，只有几个茶庄和一些杂货店还亮着灯。我怀着一线希望往回走，准备去敲开那家有灯光的花店。

我走得比较快。我穿着短袖、运动裤和拖鞋，夜风吹在身上，凉凉的，很舒服。路边，我看到一个小伙子边走边看一些招聘广告，估计是在找工作吧。但等我下定决心准备问他是否要找工作时，他却不见了。夜晚如此美好，安谧、恬静……

我敲开了那家叫作雅至鲜花店的门。一个女店主给我开了门。我订了九枝玫瑰并写了一张小卡片，店家表示可以帮我送到她单位。

我高高兴兴地走出了花店。回到宿舍，洗了澡准备睡觉。可是，我还是忍不住给她打了个电话，说我给她买了一样东西，明天她就会收到。我们都一样，有什么高兴的事总是想让对方尽快知道。不过，当她用尽方法企图打探我到底送她什么时，我却闭口不谈，不再给她透露了。

今天早上我打电话向她报告我安全到公司了。她说她昨晚一整晚没睡着，都是我害的。我听了哈哈大笑："让你激动的还在后头呢！"

大约九点的时候，她收到了我送给她的花，九朵玫瑰代表我们的爱情天长地久。回想起2004年的秋天，那个桂子飘香的时节，我不禁怦然心动。三年，我们经历了从学生到社会青年的转变，以及由依靠父母到自食其力的转变。南下广州，我们几经周折，最终在中山定居。而一年后，我换了工作，她换了部门。应该说，我们成长了许多，进步了许多。这期间，我们遇到诸多困难和挫折，但我们从不气馁，我们同甘共苦、相濡以沫、互相鼓励、相互理解、心心相印。在岁月的磨砺和世俗的考验面前，我们的心紧紧地联系在一起，并经受住了考验。她问我为什么那么爱她，我说，除了她的漂亮、温柔、贤惠之外,最重要的是她的孝顺和可以与我同甘共苦、对我不离不弃。现实社会中,很多人的眼里只有一个钱字,唯钱马首是瞻。而她,在我最艰难的日子里与我心心相印,支持我前进,给我动力和力量。

我为生命中拥有她而感到无比幸福和自豪。

(本文写于2007年9月25日中秋夜)

想念我的大学

毕业快两年了，大学的日子让我格外想念！

两年来，我最大的感受就是：社会这个"大学"没有深浅，它鞭策着我不停地学习。

时光永远都不会倒流，就如奔流而去的河水，一去不复回。不过，我对自己的大学生活感到比较满意，我没有虚度大学的时光。大学四年，我勤奋好学，用心学习，用心生活。看着这张毕业照上的自己和同学，我感到无比欣慰，相信上面的老师、同学们都过得很好。每当想起那些为了理想和未来睡不着觉的夜晚和不睡懒觉起来早读的清晨，喜悦便不由自主地从心底升起。

学生时代只能作为记忆珍藏，而社会这所超级"大学"的考验却无时无刻不在。于是，我开始意识到大学里学到的东西实在太少，就如我上街买了一篮子菜，结果发现来吃饭的人竟然排起了长队。所以，学习，再学习，不断为自己加油充电。这就如汽车，只有加了油或充了电才能在宽广的大道上奔驰，否则，等待它的将是生锈或者被废弃。

我从未像现在这样渴望知识，而前几天去广州给我的感受则让我的这种渴望变得更加强烈。可以想象，全国乃至世界各大城市正在发生翻天覆地的变化，在日新月异的生活中，如果没有丰富的知识和经验是很难在世界的浪潮中有所建树的，甚至步履维艰。当今社会，如果我们还沉浸在老子的小国寡民思想中或者陶渊明世外桃源的幻想中，那等待我们的就只能是被淘汰。当然，我们不能急功近利，也不能急躁冒进，而要在思想上沉着冷静，用一双充满智慧的眼睛去观察这个世界正在发生的变化，让勇于挑战的心在浩瀚的人海中找到自己的位置，并发出自己的声音和光芒。这或许需要我们为之付出很多努力，但我们来到这个世界就是为了实现自我价值的，如果我们在苦难面前止步了，那么生命的色彩将随之褪色，人生的意义也将随之荡然无存。

让世界听到你的声音，让世界感受到你的心跳吧！豁出去，大不了一切重来！如果不敢迈步，时光就会弃你而去。抓住今天，明天将属于你！

（本文写于2008年2月29日）

两年后的相会

昨天，是一个让我激动的日子，更是一个值得怀恋的日子——在两年后，我与我的好兄弟，从初中到大学都是同窗的宇波兄相聚了。不得不说这是一件喜事，正所谓"有朋自远方来，不亦乐乎"。

下午三点，我还在办公室整理材料。这时，一个电话打到了我的小灵通上，我一看有些惊讶，怎么区号是0156？其实，外地手机号码拨打小灵通，该号码前就会多显示一个0，但我当时确实是很惊讶。电话接通了，一听，这么熟悉的声音，还没等我说出名字，对方就自报家门了："友哥，我是宇波。"我一听，还是有些疑惑，他今天怎么有空给我打电话？难道有什么喜事不成？宇波说："我来广州了，你在哪里？"我一听，那个喜出望外啊！宇波说明了他来广州的原因，我这才相信是真的。就如他所说，他的到来给了我一个惊喜。

自从2006年6月我毕业离开校园，离开我那几个好兄弟，到现在已经有两年半了，在我忙于工作的时候，突有故人来，实在是让我惊喜万分。再过几天，2008年就要成为过去，但就在2008年即将完成它的任务的时候，我却与我的兄弟有了一次相会，这实在是对2008年年末最好的纪念和奖励。想起大学里，我、富兄、宇波兄、宏桥兄，几个铁哥们儿的一个个故事，足以让我兴奋得睡不着觉，每每与他们通电话，都是聊得不能自已，最后没办法才挂了电话。前两天，与富兄聊了五十多分钟，却还是意犹未尽。也不奇怪，曾经我们在一起的时候，不是比这更甚吗？多少个夜晚，我们天南地北地聊，"卧谈会"往往会持续很久很久，直到其中一方进入梦乡，或者想起第二天我们还有课才罢休。也记不清多少个夜晚，我们喝着富兄从家里带来的茶，聊得不亦乐乎。记不清多少次和宇波、宏桥在恩施的火锅店里喝过多少酒，吃过多少顿饭。这次宇波来了，他提起我曾经在吃饭的时候喜欢"做报告"的事，往事历历在目。那是一个生动的年代，也是一个活跃的年代，更是一个不能被我们忘却的年代。大学里结下的深情厚谊，将成为我们一生的财富，充实我们的人生，激励着我们不断前进。

由于时间紧，宇波和我吃了顿饭，就要赶到他住的地方，因为他还要考试。本来，我想他来了我们好好聊聊，就在我那里住，这样我们可以有更多时间交流。虽然我住的地方不怎么高档，但对我们这种有着深厚友情的兄弟来说，那些物质的东西已经不重要了，我们更注重精神的交流。本来，我很想和他多喝几杯，但考虑到他第二天还要考试，我们也就适可而止，如果我们都喝醉了，那我就把我的兄弟给害了。以后的日子还很长，所以，相信宇波兄会理解我的一片心意。真希望时间可以走得慢点，也希望他不那么匆忙地要走，因为分别两年多还有很多话要说，既然实在不行，也只有把话留到明年正月的相会了。

昨天晚上八点，我送宇波上了前往他考试方向去的车，我们挥手致意，就像恋人分别一样，两个男人之间似乎也可以有千言万语。车渐渐远去，消失在我的视线，我默默为宇波祝福，祝他好运，祝他心想事成、梦想成真！

（本文写于2008年12月28日）

明天是岳母的生日

明天是妈妈（岳母）的五十一岁生日。今晚，我便给她打了电话。每次给她打电话，我都能感受到无比快乐和开心，每每听到她爽朗的笑声，心中就有种畅快的感觉，今晚亦是如此。

"妈，祝您明天生日快乐！"听到电话接通，我迫不及待地向妈妈送出了我的祝福。

妈一听是我的声音，立马高兴了："哈哈哈，明友啊，好好好！"

我说："祝您在新的一年里身体健康、天天开心、四季发财！"

妈听我这么一说，更是笑个不停了，乐呵呵的，像一个小孩。是的，我最爱听她的笑声了。每次回家，她在院子里大声地和邻居们说话，那笑声就如一只腾空而起的云雀欢快地在天空拍打翅膀，让人不快乐不开心都不行。她的这种开朗的性格毫无保留地遗传给了我的爱人。偶尔她们俩在一起说说笑笑时，光听声音我都分辨不出谁是谁了，不知道的还以为是两姐妹在说笑。

"明天就是您的生日了，我们给您汇了一千块作为生日礼物，您和爸爸去买点东西,在家里庆祝庆祝。"一听我们给她汇钱了,她就停住了笑声,严肃地说:"不要不要!你们自己用,不需要你们的钱。"

我解释道:"我们在外面,您过生日,我们不能给您倒杯酒,也不能为您煮顿饭,这些钱是我们的一份孝心。"听我这么解释,她又笑了起来:"我们还干得动,不需要你们给钱,只要你们过得好就行,万一我们哪一天干不动了,就靠你们了。"

记得在中山认识的廉叔给我说过,要尽孝心,就要趁着父母身体还硬朗的时候,要趁早。我明白他的意思。要是真的等父母都年老体衰了,那时对他们来说,身体还算健康的前提下,如果子女能陪伴在身边,他们就知足了。

我说:"妈,等您满六十岁了,我们无论如何一定要陪在您身边,为您好好庆祝一下。"她乐呵呵地说:"满六十岁的时候,就和孙子的生日一起庆祝。"听到妈的这番话,我明白了她对抱孙子的渴望。但她的这番话也让我不由得开心,我说:"我们一定努力,争取让您早点抱孙子。"

家里的棉花已经全部栽下地了,这几天下着雨,尽管如此,但我依然想象得到爸爸是不会闲着的,他似乎总是有做不完的事,整天都在不停地忙碌。我对妈说:"明天是您的生日,您就和爸爸在家里好好弄点吃的庆祝一下。"她高兴地答应了。

岳母是个很好强的人,平时做完农活儿,就会去钟祥旧口街上——她的娘家那边做衣服。岳母是一个手艺很好的裁缝,街上的老板非常喜欢她做的衣服,总是要她去做,她不去的话,人家就天天打电话催。当农闲时,她便把家里收拾好,叫爸爸送她去。就这样,一年中有很多时间她都在裁缝铺里度过。

我们也试图阻止她，叫她不要那么累，没必要去挣那个钱，但每次的劝说都以失败告终，她总是说，人家要她去。其实，我明白，她是不想给我们增加负担。她那手针线绝活儿，也毫无保留地传给了我的爱人。这不，一个多月前，我的西裤的裤脚边破了，硬是让我的爱人给缝得"天衣无缝"。我对她说："看来你得到了妈的真传啊！"她很自豪地说："那当然。"

岳父岳母对我们的爱，我从进家门的那天就感受到了。记得那个冬天，我第一次去京山。爸爸听说我要去，就在街上买了一打啤酒，人家问他买那么多啤酒做什么，他欢喜地说："我儿子回来了。"当我听到他的这句话时，就已经明白，这里将成为我的家了，而两位长辈也将成为我的父母。

我最爱吃岳母做的菜，尤其是她做的水饺，对我来说，把整个中国找遍了也找不到那么好吃的水饺。但前年的正月，我感冒了，却又要马上回广州上班。下午的车，中午的饭是在家的最后一顿饭。妈知道我爱吃水饺，头天晚上就和好了面。第二天，煮了一大锅水饺。本来，我以为我会像平时一样吃上三大碗，结果吃了半碗就实在吃不下了，嘴里没味。看着我没吃多少就放下了筷子，爸妈心里都不是滋味。回广州上班几天后，打电话回去，妈问起我好些没，说起那天我走之前吃得那么少，言语间流露出深深的内疚，好像我吃得少是她没做好一样，让我很自责。看来，真是儿行千里母担忧啊！

明天，就是她老人家的生日了，虽然我们不能陪在她的身边，但我会用一颗真诚的心面朝北边家的方向，祝妈生日快乐、健康幸福，祝爸妈健康长寿。也请他们放心，孩子们在外面会照顾好自己，会好好工作的。

（本文写于2009年5月13日）

用双手创造属于我们的幸福生活

一转眼，我们毕业三年整了。

三年，我在三家公司工作过。第一家公司，我干了一年零三个月；第二家公司，我干了七个月；第三家公司，也就是现在所在的公司，已经工作了一年零三个月。而我老婆始终在一家公司工作。

三年来，我们还清了我读书时所欠下的银行贷款和债务，我们拍了婚纱照，还在我老家和她老家分别举行了结婚典礼……

三年来，我们在各自的职业发展道路上苦苦探寻，我从对企业文化的一无所知到逐渐明白再到现在的了如指掌，走了一条摸索之路。她在人力资源方面也逐渐有了更加深刻的领悟和体会。

回首往昔，感慨总是良多。真要说时，却不知从何说起。或许，可以用一句话概括那种感慨：我们用自己的双手创造了属于我们的幸福生活。

或许，我们并不是最成功的，但我认为，我们绝对是幸福的。我不想在这前面加上一个"最"字，因为，幸福无须比较，而是自己的感受和体会。

三年来，我们用自己的双手创造了属于我们自己的幸福生活。我们没有像很多人嘴里说的那样，要有车子、房子和票子，但这并不代表我不思进取。很多东西，不可强求。幸福，不该以车子、房子和票子来衡量。实际上，这个世界，有这"三子"的人多如牛毛，没有这"三子"的人也数不胜数。有的人，依靠长辈给自己搭建的"凉棚"，无需多劳即可获得一切。可我们，却没有依靠父母在我们毕业后给我们搭建的"凉棚"。我们结婚，也没有像很多人家一样，男方要给女方一笔很大的礼金，女方要给出嫁的女儿置办丰厚的嫁妆。我们，用自己的方式，举行了彼此都满意的婚礼。对此，一位姓江的长者在我们婚后请他一起吃饭的时候说："你们凭借自己的双手去创造幸福，我为你们感到骄傲。"长者对我们的鼓励，至今让我铭记于心。用自己的双手创造幸福，那才是真正的幸福，是一种难以言说的成就感。

当然，我绝对不能忽视亲人和朋友们的帮助和支持，但这与我们用自己的双手创造幸福生活并不矛盾，他们的助力帮助我们取得了更大的进步。

为了追求更大的进步，也为了更长远的发展，这个5月，我终于下定决心让我的老婆离开她工作了三年的中山，到广州发展。刚开始，我也有些犹豫。但经过了一番考量，我还是毅然决然地做了这个决定。

人生一世，有多少个二十几年？一转眼，我们都到而立之年了。但我们却还没有过真正意义上的家庭生活，都是因为要存钱。三年了，加上在学校的恋爱时间，我们已经在一起六个年头了。为什么要对自己那么苛刻？为什么要舍弃人生的美好时光而一心为了钱？为什么不好好如胶似漆地享受婚姻生活？

本来，我们不准备将这件事告诉我的岳母的，因为我的老婆怕爸妈担心。但今晚，我却将这个想法告诉了岳母，并征得了她的同意。

我给岳母说，一是她在那边生活不好，营养不良，长期下去，对她的身体不好；二是继续在那个公司待下去，要想百尺竿头更进一步，比较困难；三是到广州后，她可以去读人力资源师的课程，不为眼前，而为长远考虑；四是为要宝宝做准备，过来后把生活过得好些，把身体调理好。在我的一番真诚诉说下，岳母欣然应允了。后来，岳母还给我老婆打电话，说我向她请示，言语中透露出一丝欣慰。

这或许是我们工作以来做的一次最为重大的决定。我向来有些不信邪，当然，也并不是明知不可为而为之。有时候，做事优柔寡断，就会错失良机。所谓"当断不断，反受其乱"，就是这个道理。

与自己的爱人在一起，幸福就如山泉水，甘甜而沁人心脾，让我感觉到活着的乐趣。钱，够用就行。不要想着赚很多很多的钱，也不要想着能一步登天。成功需要厚积薄发，需要积累。一夜暴富的可能性是有，但那与我无缘。我也从没想过一夜暴富，只想着用自己的双手去创造美好生活。我希望，我们的一生能够在爱的温暖里成长。

（本文写于2009年5月29日深夜）

我们的第一个共同的双休

等待这样的日子,已经整整三年了。

这或许算不上是什么成功,但至少可以说是一个小小的进步,而这个小小的进步却让我不由得想写点什么来纪念这个有些特别的日子。

毕竟,这是我和老婆的第一个共同的双休。为了达到这个小目标,我们付出了很大努力,经历了三年的漫漫征程。

2006年6月,我们毕业了,进入了中山的一家民营企业,这家企业在中山算是数一数二的企业,它的唯一不足就是没有双休。不过,在2006年6月至2007年7月的这一年多的时间里,虽然没有双休,但我们却是天天在一起,就连上班也在一起。我们在一个部门,她就坐在我的前面。我们可谓朝夕相处。但六天的工作制仍是雷打不动的铁律,我们很少有自己的时间。我们时常下班后在公司的花园里并肩而坐,谈心聊天,一坐就是一两个小时。可美好的时光总是匆匆而过,每次都感觉还没聊够就到了要休息的时间,于是,我们只好依依不舍地分开牵着的手,回到各自的集体宿舍去休息,以便第二天可以好好上班。

这样的日子一直持续到2007年7月12日，因为从这天开始，我去了离这家企业不远的另一家企业，而她也在征得老板的同意后换了部门。在第二家企业，公司给我提供了一间房子做宿舍。当我把这个消息告诉我老婆（那时还是女朋友）时，她竟高兴了半天。当天晚上，她便去了我那里。那晚，我们买菜、做饭、吃饭，记忆中似乎狂欢到很晚。那时的我买了一辆电单车，我便骑车把她送回了公司。一路上，微风轻拂，她坐在后面搂着我的腰，我们在宽敞的公路上疾驰……美好的夜色里留下我们的欢声笑语。

但这种欢乐的日子在我第二份工作开始后不久便有了变化。因为第二份工作是没有休息日的。一周七天，我天天上班。于是，我们由原来的天天在一起和拥有一个共同的休息日，变成了天天不在一起和连一个共同的休息日都没有。那种痛苦可想而知。于是，每到周六晚上，她便到我这里一起做饭、一起吃晚餐。第二天我上班去了，她便留在我的住所给我整理内务，中午我骑车回去吃饭。晚上，我回来和她一起吃完饭后，就送她回公司。后来，我所在公司的管理部门实行了轮休，这样，我一个月便有了两个到三个休息日。为此，我们感到无比开心。每逢我休息时，我们便手挽手地去购物、去逛街、去河边野餐……

日子如流水般在不知不觉中已经过去了半年多。2008年3月，为了寻求更好的发展，我离开了中山，来到了广州。这对我个人的发展来说，绝对是正确的选择。一方面，我来到了一家实力很强的公司，公司福利待遇相对较好，而且是双休；另一方面，公司拥有一个高素质的团队，全公司员工的学历普遍较高，这促使我不断进步。但也造成了更加"牛郎织女"般的异地生活。我们由相距不到五分钟车程的距离一下子变成了需要一个半小时车程的距离。空间上的距离，让我们受尽了相思的折磨。从2008年3月至2009年6月，每逢周六，她便乘车从中山来到广州。我每周六下午便去买好菜、做好饭等着她的到来。一般周六晚上八点半左右，她才能到广州。我会到附近的公交站去接她。看着她从车上走下来，我总是乐不可支。我们紧紧相依，一起回到我住的地方，共进我亲手做的饭菜或者品尝我煲的排骨莲藕汤。晚上，我们躺在床上，一直聊到夜深人静的时候，然后相拥着进入梦乡。第二天，我们一般都会睡到自然醒，然后起来做午餐，如果醒的时间较早，我便起来做好早餐，然后叫醒她。下午三点左右，我从住的地方出发，送她去坐车。看着她上了车，我一个人无精打采地往回走。那种心情，真不是滋味。

今年正月，我们分别在各自的老家举行了婚礼。由于我们属于"不招不嫁"的那种特别类型，我们在双方的家里按照当地的风俗习惯举行了婚礼。因为她是家里的独生女，而我家也只有两兄弟，我们的父母为了供我们读书付出了太多太多，我们不忍心丢下任何一方的父母。所以，我们有两个家，双方的父母我们都照顾。结婚之后，我们又一起回到了广州。刚上班的那段时间，我有些失落。因为我觉得自己已经是一个结了婚的人了，可我们还两地分离，我没有买房也没有买车……但我没有沉浸在这种怨天尤人的情绪里，我振作起来，以积极的心态面对工作和生活。我要改变这一切。因为，我有一个知心爱人，她为了我可以忍受一个人生活的日子，可以在周六下班后乘车来广州与我团聚，可以在周日又匆匆离开广州回到中山。她对我别无所求，只希望和我一起去创造我们的生活和未来，直到白头偕老。我们相约，下辈子还做夫妻。如果我再不争气，我就对不起她，也对不起生我们养我们的父母。

2009年5月下旬，我终于下定决心让她向公司提出辞职，放弃中山的工作，来到广州与我在一起。有朋友说，我太自私，让她放弃工作。殊不知，让她留在中山忍受孤独、让她来回奔波才是真正的自私。更何况来到广州后，她会找一份有双休的工作，还会去读中山大学的人力资源专业，这对今后的发展更是有利。所以，我认为这是值得的。所谓舍得，不舍不会得，只有舍弃一些东西才能得到一些东西，鱼和熊掌不可兼得。

2009年6月6日，也就是明天，我就要像迎接新娘一样迎接她来广州了。我万分激动。本来，这篇文章应该等明天或后天写的，但我无法抑制住自己激动的心情，便提前将自己的心情写了出来。这个周末，将成为我们工作以来的第一个共同的双休。三年来的努力，终于让我们能在一起生活。这是一个小小的进步，却让我们忍不住要狂欢。或许今后还会有挑战，但我们在一起了，便风雨无惧、心心相印，再大的风雨也不能阻止我们前进的脚步。

6月的广州，阳光明媚，晴空万里，风轻云淡。珠江的水，唱着欢歌，流向远方……

（本文写于2009年6月5日）

我们的小家

今天，是我和老婆一起度过的第一个共同的周末。

眼看着一天就要过去了，还是想写点东西把这一天的感受记下来。

今晚，是我三年来第一次在周日与她共进晚餐。换作以前，这个时候的我，总是一个人。那种形单影只的感觉，时常让我倍感孤独。今晚，我用笔记本写着文章，她在一旁用台式电脑翻阅资讯，我们并肩而坐，似乎回到了曾经的同窗岁月。

中午，我第一次一次性买回五十斤大米。那沉甸甸的感觉，让我体会到了什么叫作"家"。以前，我买米最多的一次也只有二十斤，我吃了快两个月。由于是一个人，我基本上不怎么做饭。早餐，随便吃点；午餐，因为上班，所以只能订盒饭或者出去找个小饭馆解决；晚餐，要么买水饺回来煮了就吃，要么蒸一点米饭、炒一个菜，要么煮面。日子过得简简单单。但有了家，很多习惯都要改变，再不能那么小气，买米只买十斤，买水饺只买一袋……

由于昨天才把她接过来，加上我们又买了电脑桌和衣柜，屋子被塞得满满的。昨晚，我们收拾到很晚，睡觉时几乎都快两点了。今天，我们又收拾了半天，终于让屋子看起来整洁了。这个周末，是我们在一起的周末，也是一起忙碌的周末。但这种忙碌是值得的，它使我们的生活变得井井有条。

　　第一天的二人世界，让我感触颇多。两个人在一起，事情似乎要更多些，但两个人一起忙碌，那才叫生活。随着时间的流逝，日子或许不会天天这么丰富多彩，更多的也许是平平淡淡，但只要心中充满对生活的热爱，平淡也会变得醇香、甘甜。唯有知足才能常乐，唯有进取才能进步，唯有吃得了苦受得了累，才能不断创造美好的生活。

　　家安下了，接下来要努力，让家变得更有"内容"，以便在孩子来到我们家时，可以有一个安稳舒适的怀抱。

（本文写于2009年6月7日）

我与弟弟的故事

晚上，我与老婆坐着聊天。说话间，谈起我弟弟的婚事，谈起他关心姐姐（弟弟称我老婆为姐姐）的工作，不由得想起了我们兄弟二人成长中的许多故事。老婆说："干吗不写写你的弟弟呢？"我说："是应该为他写篇文章了。"

患难中，我们相濡以沫

关于弟弟的好，或许我用多少长篇大论也难以写得一清二楚。但回想起我们从小到大的这一路风雨历程，我还是被内心的感动所震撼，我们兄弟之间殷殷感情让我情不自禁地敲起键盘……

生活中，每当我向别人讲起我与弟弟的感情，很多人都充满着疑问，认为兄弟之间怎么可能有那么好的感情。但他们不会明白，一对从小就饱经磨难、经历了起起伏伏的亲兄弟之间的那份真挚感情。

我比弟弟大将近一岁半。我是1981年9月出生的，而他是1983年2月出生的。童年的我们很快乐，在我们的眼中，故乡的山水和牛羊是我们最好的玩伴。我们一起上学，一起做家庭作业，一起放羊放牛，一起砍柴，一起帮爸爸妈妈干农活儿……我们常常被人们说成是"双胞胎"。每每看到我们一起背着书包去上学，爸爸妈妈都很高兴，他们感到无比欣慰。虽然为了我们能够上学，他们很辛苦很累。

记忆中，爸爸妈妈在街上做工，那时做一天工才一块五毛钱。他们两个人辛苦一天，才挣三块钱。尽管如此，他们仍会在下班的时候在街上买几个馒头带回家，晚上热了后给我们吃。我们吃得无比香甜。现在回想起来，当时吃馒头的高兴劲，真是让人有些匪夷所思。可在当时，却是难得的幸福体验。

我们出生之后，爸爸的身体就一直不是很好。1996年7月，爷爷因病去世。自从爷爷去世之后，爸爸的病似乎就更加严重了。我们考入初中后，学费加生活费，家里就逐渐支撑不住了。1997年，弟弟在读完初一之后，向爸爸提出了退学的想法。他的这一想法让爸爸很"满意"，因为爸爸感觉自己实在挣不到钱。在爸爸四十三年的人生中，也出过几次远门，挣过几回钱，却从来没有挣到过什么大钱。据我妈回忆，爸爸一辈子挣得最多的一回就是去钟祥磷矿厂挣了一百块给她邮寄回家了。听弟弟说不想读书了，爸爸爽快地答应了。就这样，弟弟退学了。我后来才明白，弟弟是为了减轻家庭负担，让我可以上学，主动放弃了学业。今晚和老婆说起这事，她很惊讶："你弟弟那么小就这么有担当了呀！"或许，这就是穷人的孩子早当家吧。虽然弟弟主动放弃了学业，但后来很多次我上学的时候，他都在后面远远地看着，偷偷地流泪。其实，他还是很想读书的，但因为家里的经济条件不好，他主动放弃了读书的机会。

我们的命运发生重大变化是在1998年。那年我十七岁，弟弟十五岁。这年6月，是我中考的日子。而就在这年3月，爸爸再也坚持不住了，病魔夺走了他还很年轻的生命。在这年正月，弟弟随亲戚去了爸爸曾经打过工的地方——钟祥磷矿厂。在爸爸病危的时候，我给弟弟发去了电报。那是我人生中第一次发电报，也是迄今为止所发的唯一一份电报。我至今还记得电报的内容：爸病危，速回。我不知道弟弟在钟祥接到电报后是什么感觉，但可以想象得到他的痛苦。因为他不仅失去了人生中第一份工作，还即将失去爸爸。他在钟祥才工作了不到三个月，就不得不赶回老家。他回到家后不久，爸爸便与世长辞了。当时，我处于紧张的中考复习之中。得知爸爸去世的消息时，我还在教室里学习，是邻居到学校里给我报的信。

爸爸去世后，我们两兄弟在妈妈的拉扯下艰难地生活着。弟弟没有再去钟祥，而是跟着妈妈在街上靠打短工挣钱。家里的农活儿，他们也一起做。我放假回家了，就给他们帮忙。妈妈的身体也一直不是很好，但她好强，而且很坚强。所以，在她的教育下，我刻苦学习。弟弟也很听话，家里的农活儿干得井井有条。我在学校的生活相对来说还是比较艰苦的，所以，回家之后，他们总是把好吃的留给我。记得有很多次，妈妈煮了鸡蛋和面条，弟弟趁妈妈不注意的时候将自己的鸡蛋悄悄塞进了我的碗里。那时鸡蛋是很稀缺的东西，想天天有鸡蛋吃那可是很奢侈的。当我发现自己碗里多了一个鸡蛋的时候，我就问弟弟："你的鸡蛋呢？"他说："我已经吃了。"我明白他是心疼我才把自己的鸡蛋让给我的，我便不由分说地将那个原本就属于他的鸡蛋送回了他的碗里。后来，我们长大了，与妈妈说起这件事，妈妈说，你还记得你弟弟的好，真不错。是啊，或许就是这种日常生活中的点点滴滴，让我们兄弟之间的感情与日俱增。

弟弟很聪明

记忆中，弟弟一直是一个特别聪明的人。他的聪明是我比不上的，也是我自愧不如的。很小的时候，他便会很多手艺。但他所学到的手艺并不是别人手把手教的。他有那么一个本事，只要看看别人是怎么做的，然后自己就知道怎么做了。他会编撮箕，也会编背篓、筐子……凡是家里需要的农具，他基本上样样都会做。他不仅给我们家里编制了很多农具，还帮远近的邻居们编制了很多农具。由于他聪明勤快，受到了乡亲们的喜爱。

那时，他大多时候都在老家。所以，周围邻居谁家要是有红白喜事，都不会少了他的身影。他成了家乡山寨里的"红人"。或许，正是那时与老家的乡亲们结下了深厚感情，走出故乡已经多年的他，心里还是总想着回家乡去发展。他是真的舍不得老家的山山水水、乡里乡亲。

弟弟的聪明，不仅仅体现在他能编制农具，能帮周围邻居处理红白喜事上，还在于他对木工、石工、电工、装修、粉刷等技艺的精通。童年的时候，他就用一些小盒子自己做了线斗，并自制了刨子，还经常做一些玩具。后来稍大一点了，他自制了很多家具。除此之外，他会砌石墙、砖墙。家里的电路都是他一手布的线。去年腊月，为了准备我今年的婚礼，他重新布了家里的线路。新布的线路，美观而规范，俨然出自专业人士之手。我的心中除了感激，更多的还有对他的佩服，在心中暗暗感慨：幸好有弟弟，有弟弟真好！弟弟在十六七岁的时候，去了离老家不远处的一个叫作水布垭的地方，在那里，他跟着四川的一位师傅学会了粉刷和装修。后来回到家里，还帮邻居们粉刷和装修房子，大家都说他能干。

其实，弟弟的这种聪明劲从他很小的时候做的一些事上就能看出来。童年时期，他常常醉心于刀枪棍棒的制作上，记忆中，他似乎把更多的时间花在了如何制作出更具有先进性的玩具上。他自制的手枪，可以将树上的鸟儿打下来，还可以安上小火炮。他总是异想天开，每天都有新花样出现。现在想来，他这种才能是被现实给埋没了。

弟弟吃得了苦

吃得了苦，是弟弟给我最深刻的印象之一。在我的记忆中，就没有他吃不了的苦。虽然现在他已经二十六岁了，但那种吃苦的精神没有因为年龄的增长而消退。

他退学后，就开始帮着爸妈干农活儿，想着法子挣钱。炎炎烈日下，他的皮肤被火辣的太阳晒得黝黑黝黑的，但他丝毫不在乎。烈日磨炼了他的意志，使他更有力气了。后来，爸爸去世了，他没有被困难和悲痛压倒，而是顽强地站起来，过早地走向成熟。在钟祥磷矿厂的那段日子，他干得很出色，受到了老板和同事们的喜爱。后来，他时常向我讲起在钟祥的那段时光，看着他的样子，我虽然心疼，但更多的是对他的敬佩和赞赏。他是那么坚强，那么乐观，那么无所畏惧。后来，他随村里人去了三峡。在三峡打工的那段时间，他与一个工友结下了深厚的情谊。时至今日，那位工友想起他曾经的帮助，都很感激他。但在弟弟心中，那是他应该做的。那是某个下午，他的工友姚某在工地上受了重伤，可没有人向姚某伸出援助之手，哪怕是姚某的亲戚。在姚某最需要帮助的时候，弟弟及时给了他帮助，把他背出了工地，送到了住处。从那时开始，他们成了关系要好的朋友。虽然事情已过去了多年，但他们只要见面，就一定会为当年结下的深厚情谊而感慨万千。弟弟的热心和善良，是他生命中最宝贵的财富，也是他受到别人喜欢的重要原因。其实，这种热心贯穿于他的成长历程，可以说这种热心是他性格中的重要部分。

还记得我上高中后去上学时，与他同车走了一段路程，在一个叫大路坡的地方告别的情景。他那次是去水布垭的。我知道他又要一个人去打拼、去吃苦了。我们默默告别，祝他一路平安。现在想来，从那时开始，他就在闯荡"江湖"了。可我当时还在学校里读书，我没有他那么有勇气去面对生活，去闯荡世界。去水布垭后，刚开始他是与邻村的人在石场里碎石。但一段时间下来，他没有挣到什么钱，便寻找着别的机会。机会，真如人们所说的，总是留给有准备的人的。他找到了一份装修的工作，虽然那份工作也很辛苦，但相比较而言挣钱多了。就在这里，他认识了他后来的师傅，跟着这位四川的师傅，他学会了装修和粉刷。

2002年秋天，对我们两兄弟来说，是一个不错的季节。我考上了大学，而弟弟光荣入伍，成了一名军人。很神奇的是，在他入伍的前夕，他做了一个梦，梦见家里的神龛上盘踞着两条龙。我清楚地记得他入伍那天的盛况，全村人都来我们家里送他去报到，我还为他请来了唢呐手和鼓手，一行人浩浩荡荡地把他送到了。一路上，唢呐声多么嘹亮，锣鼓声多么响亮。看着他穿着一身绿军装，我眼里噙满了泪水，想着这么多年他历经风雨走过的路，想着他成为一名军人，我为他感到无比自豪和骄傲。我在后面高声对他说："昂起头，勇敢地向前走！"走进军营后，他非常能吃苦，不仅军事训练样样优秀，而且学习成绩也非常棒，获得了"优秀士兵"的光荣称号。我进入大学后，一边好好学习，一边与弟弟保持着密切的书信往来。在信中，我为他取得的成绩感到欣慰，更不断地鼓励他多学习。我们在信中交流读书心得和人生体会，互相激励，追求共同进步。

2004年，弟弟退伍回到了老家。我在我读书的城市恩施为他找到了一份保安的工作。就这样，他进入了保安行业。因此，我们两兄弟又可以经常在一起了。只要放假或有空闲时间，我就去他住的地方，一起做饭吃，他有时间就去我的学校。这年秋，我爱上了一个女孩，也就是我现在的老婆。从那时开始，弟弟便称呼我老婆为姐姐。由于恩施的工资不是很高，弟弟寻求着更好的发展，他决定独自南下广州。

广州，对一个从没有出过大山的人来说，实在太陌生了，但弟弟天生就有那么一股子闯劲。他当兵期间，也学得了一身本事，所以，胆子也相对较大。没去当兵之前，我比他高、比他重，力气似乎也比他大。但当兵回来后，他身体更加结实有力，也比我高了。有时候我都觉得，和他待在一起特有安全感。初到广州，他也吃了很多苦，在他身上的钱快花光的时候，他终于找到了一份工作。后来，他对广州渐渐熟悉起来。2006年春，我与妻子也一起来到了广州。到广州的时候，已经到了凌晨两点。昏黄的路灯下，弟弟在火车站接到了我们。看到他略显单薄的身影，我还是忍不住心疼了。在这之前，他生病了，而且病得不轻，所以他瘦了。他将我们带到了他住的地方。就这样，我们也开始了南漂生活。

与弟弟一起成长至今，有关他吃苦耐劳的故事是说不清也道不完的。只要稍作回忆，许许多多的画面就会如电影一样在脑海里回放。他给我的，不仅仅是在读书期间的全面支持，还有他那一直激励着我勇往直前的吃苦耐劳、敢于拼搏的精神。这辈子，我已经欠了他太多太多，我对他的感情也是无法用语言去描述的，他为我付出的心血和汗水也是我这辈子无法还清的。我为今生有他这么一个好弟弟而感到无比幸福，但愿下辈子我们仍做好兄弟。珍惜此生，珍惜上天赐给我的这份价值连城的兄弟情。

弟弟爱学习

弟弟虽然初中没毕业就退学了，但他因为勤奋好学而取得了巨大进步。除了在手艺上的进步外，学识方面的进步更是有目共睹。没当兵之前，他利用空闲时间读了很多书籍，这让他没有荒废学业。进入军营，他更是如饥似渴地读书、写文章。他在军营中写的《月光下的士兵》还被广泛宣传。退伍后，他积极融入社会。自学了五笔打字、拼音输入法，学会了上网。到广州后，他买了电脑，买了很多书，这让他与故乡那些与他文化水平差不多的年轻人拉开了距离。故乡的那些年轻人，文化水平或许比他还高，但连电脑都没摸过，更别提上网了。即使有些人知道电脑为何物，却不怎么会操作。要论见识，弟弟更是远在他们之上。如今，他通过自学考到了物业管理证，在广州仅有的一家白金五星级酒店从事保安工作，并且，他正在计划学习一门专业技术，以便做好转行的准备。对未来，他充满信心。

我对弟弟的祝福和希望

我与弟弟是血肉相连的亲兄弟。他能成功和幸福,是我最大的心愿。因此,除了竭尽全力地帮助他之外,我对他充满希望,给予他美好的祝福。

首先,我希望他继续保持吃苦耐劳、勤奋好学的精神,目标坚定,信心满满,勇敢地去挑战未来,实现自己的人生理想。

其次,我祝愿他早日找到另一半,早日成家立业,拥有属于他的幸福。他是个恋家的人,希望他能找到一个与他心心相印的女孩共度一生。我想,他有那么善良的一颗心,是一定可以实现我的这个愿望的。我想,哪个女孩选择了他,一辈子绝对是幸福的。

我希望我们一生一世都做好兄弟,相互支持,相互激励,同甘共苦,一起去创造美好的未来。

最后,祝愿我们都能实现自己的愿望,愿我们的父母晚年幸福,愿我们都拥有和谐美满的家庭和优秀的下一代。希望任何时候,我们都能记住,在我们任何一方遇到困难的时候,不要忘记还有一个亲兄弟在身边,可以给予对方无私的支持。

(本文写于2009年7月4日晚)

羊城雨后空气新，举杯开怀兄弟情
——与好友宏桥兄相会于广州

2006年，我大学毕业，南下广州，走入了社会，便与一帮好兄弟山水相隔，可谓"合久必分"。2009年正月，时隔三年，十多位好友因参加我在老家举行的婚礼而相聚一起，可谓"分久必合"。婚礼结束，我们又各奔东西，去了各自要去的地方，可谓"刚合又分"。让我再一次惊喜的是，时隔半年，昨天，也就是2009年7月19日，我与宏桥兄居然在广州有机会相聚，真可谓又一次"分久必合"。这让我不得不感叹，人与人之间正是有了这分分合合，彼此之间的感情才更显珍贵。"人有悲欢离合，月有阴晴圆缺，此事古难全。但愿人长久，千里共婵娟。"苏轼一首《水调歌头》道出了无数人的心声。因为，我们每个人都需要为了各自的前途和梦想而奔波，再好的朋友和兄弟，也不能天天在一起，所以，对友人最好的礼物就是祝愿他平安健康，纵然彼此之间相隔万里，但仍旧彼此牵挂，正所谓"海内存知己，天涯若比邻"。

宏桥兄这次从北京来到广州是来实习的。明年7月，他就要研究生毕业离开清华大学，正式步入社会，走上工作岗位。与以前不同，这次与宏桥兄的相会，我们不仅谈的内容更多，而且谈得更深入，在很多问题上我们持有相同的观点，这让我们感到无比庆幸，因为我们还是志同道合的兄弟！

前不久，宏桥兄就告诉我，他过一段时间要来广州实习一个星期。我期盼着这一天的到来。昨天下午，我接到他的短信："友哥，在干吗？我到广州了。"听到这个消息，我喜出望外，急忙给他说如何坐车到我这边来。但因为他不是一个人来实习的，需要与同学们先去住宿处。我便给他回信息，叫他在方便的时候再给我打电话。下午五点，我接到了他的电话，他说他住在三寓宾馆，在东山口那边。因老婆刚好去了中山大学北校区上课，我便给她打电话，让她就在那边等，我一会儿就过去。结果，她已经上了回家的公交，过了东山口两站了。大约五点半，我赶过去与老婆会合，然后一起去宏桥兄的住处。因为对地形不熟，一时半会儿也不知道具体的路线，经过一番打听，终于来到了离三寓宾馆不远的地方。我便向一个小店的师傅打听三寓宾馆的位置，那师傅乐呵呵地说："你抬起头看看。"我一抬头，便看见了三寓宾馆的招牌。我也乐呵呵地向师傅道了谢，便给宏桥兄打电话，让他下楼。好友相见，握手拥抱，那种久违的亲切自在不言中。

去宏桥兄的房间看了看后，我们便一起下来吃饭。这是一家很有二十世纪五六十年代风格的餐馆。餐馆的装潢俨然借鉴了二十世纪五六十年代流行的风格，绿军装服务员，大大小小的标语……但餐馆不大，略显寒碜，这多少让我感到有点不自在，觉得对不住宏桥兄。可进来了，又不好再走，所以，我们将就着在这个餐馆吃了顿饭。好在宏桥兄也不是外人，我们也吃得其乐融融。希望以后有机会再弥补这次的遗憾。

其间，我们聊了很多话题。其中，最让我对宏桥兄起敬的是他对未来职业选择的思考和认识。虽然还没毕业，但他对社会的认识已经相当深刻。我们都出生于大山，来自农村，对老家人的"官本位"情怀有着深刻的体会。在老家人口中，经常会听到一句话："朝中有人好做官。"此话不假，但他们却对其他工作有成见。在他们眼中，只有做官才是最体面的。受这种思想的影响，老家的长辈们都盼着自己的儿子孙子能当官，能做个小领导，这样他们便觉得脸上有光。于是，很多人在通往官场的道路上前赴后继、苦苦探索。一旦走进官场，便似乎注定只能上不能下，要是因为职务调动从上一级单位下调到下一级单位，即使职称没变，也会在他所在的家乡引起轩然大波，人们会津津乐道着"肯定是因为犯错误被降级"等话题。所以，老家人只要一走进官场，似乎就不能被下调了。似乎各行各业都不如当官，唯有当官才算是真正的工作，才对得起祖宗，才能成为人们心目中的骄傲。这或许就是老家之所以不能较快发展起来的原因。人们关心的不是如何发展经济，而是如何当官！

我和宏桥兄，则是这种"官本位"思想的叛逆者。我们不拘泥于那种传统的思想，我们希望有另一种"解答"，那就是依靠自己的能力闯荡出一番属于我们自己的事业。宏桥兄在大学毕业的时候，摆在面前的有三条路：考选调生进官场、走进社会就业、考研究生。他选择了后者，成为清华大学的研究生。由于他是学电气工程的，研究生毕业后，会进电力部门。他希望通过努力，成为该领域里的佼佼者。他有着远大的理想，同时又直面现实，靠自己去奋斗。他要用自己的知识创造自己想要的生活方式，用行动证明，不当官一样可以过得很好，甚至可以发挥出更大的作用。

毕业三年来，我与老婆同心协力，在大山之外，在改革开放的前沿，凭着自己的努力创造着属于我们自己的生活。或许，在老家人眼里，我们是在外打工。因为他们觉得，所谓工作，只有两种，一是当官，一是打工。而且，只要是在家乡之外的，就是打工。但那是他们的认识。在我们心中，我们在为自己的事业而奋斗。我们没有"关系"可走，没有"朝中之人"可攀，我们用知识改变命运，用能力创造未来。在外打拼的日子是辛苦的，但我们相濡以沫，不畏艰苦，敢于挑战，敢于参与竞争，不怕失败。经历了三年的磨砺，我们逐渐找到了前进的方向。我们坚信，有梦想就有未来，有行动就可以实现梦想。

　　宏桥兄的理想和信念是那么坚定，虽然他的一些想法还需要经历社会现实的考验，但我相信，有着渊博知识和进取心态的他，一定可以拼搏出一片灿烂的天地，开创出一番精彩的事业。

　　夜色苍茫，南国的羊城，刚刚经历了一场台风和暴雨的洗礼，空气特别清新。与宏桥兄道别后，我和老婆手牵手行走在车水马龙的街道上，回忆着与宏桥兄一起交流的情景，等待着开往珠江新城的公交……

（本文写于2009年7月20日）

小姨父，一路走好

今日上班不久，接到老婆电话，说妈打来电话，告知小姨父在钟祥医院去世了。惊闻噩耗，我不胜悲痛。回想起与小姨父相处的那些时光，不禁为少了这么好的一位姨父而深感惋惜。

去年冬，小姨父被检查出患有肝癌，而且已进入晚期。医生说，最多还能活三个月。听到这个消息，我们所有人都心如刀割。多好的一个人啊！就这样被病魔判了死刑。为了减轻小姨父的心理压力，直到他去世，也没有告诉他得的是癌症。或许正是因为亲人们的悉心照料，他确诊后活了七个月。7月20日晚，他抛下了小姨和表妹，远离了所有爱他的和他爱的亲人，去了人世间的另一边。他或许是瞑目的，因为他的爱女高中毕业了，而且考上了本科。如果他走得再早些，或许对表妹极为不利，会影响表妹的情绪，从而影响表妹的成绩。但他坚持着，与病魔顽强地抗争着，6月7日和8日，表妹完成了高考。就在表妹快进入大学的时候，他倒下了，永远地倒下了。多好的父亲！多好的姨父！

那是2005年冬，我第一次去岳父家，那时我和老婆才刚刚在一起，还是恋人关系。放寒假了，我随她一起去了京山。在家里待了几天后，我们就去了钟祥市旧口的两个姨父和一个舅舅家。我清楚地记得小姨父的热情，他鼓励着我，很看好我，觉得把外甥女交给我很放心。那晚，我与小姨父同床，我们聊了很多很多。第二天，老婆说她们睡得迷迷糊糊时仿佛还听到了我在和小姨父讲话。

2007年的春节，我在京山的家里过年。春节，我们一起去旧口玩。那个春节，我第一次与舅舅、二姨父和小姨父同桌斗地主，第一天在舅舅家，第二天在二姨父家，第三天去小姨父家。由于我不怎么爱玩斗地主，所以第三天，我逃到街上去玩了。现在想来，真的很遗憾，以后再也没机会和小姨父一起斗地主了。没有想到，那是我们四个人第一次一起斗地主，也是我们四个人最后一次一起斗地主。第二年，也就是2008年的正月初二，舅舅因心脏病与世长辞了。万万没想到，时隔一年半，可亲可敬的小姨父也离开了我们。这让我们悲痛欲绝。

今年正月十二日，是我和老婆在京山老家举行婚礼的日子。本来，已经生病的小姨父是可以不参加的，但他还是来了。他要看着我们喜结连理，永结同心，看着他的外甥女与他"很看好"的外甥女婿成婚，我们无比感动。我和老婆去街上化妆后回来进了新房，亲人们便进来向我们祝贺，和我们合影留念。就在我们所有人都合完影后，小姨父对小姨说："来，我们也合个影吧。"小姨刚开始还没多想，就在他们站好了准备拍的时候，我看到了小姨眼里饱含着泪水。或许，小姨父潜意识里已经知道自己的日子不多了吧。看到此情此景，我们每个人心里都酸酸的。小姨偷偷抹去了泪水，没有让小姨父看见。按照当地习俗，亲人们要给新人"茶钱"。我这一辈子都不会忘记亲人们给我们丢"茶钱"的情景。大伯大妈、小伯小妈、姑父姑妈、四叔四婶、大姨、二姨父二姨、小姨父小姨、爸爸妈妈，所有最亲的人围着一张长桌，桌上放着碟子，我和老婆一个一个地给每一位亲人倒糖水、发烟，每到一家，亲人们就会给碟子里丢一次"茶钱"。小姨父亲自将"茶钱"放进碟子里。看着慈祥的小姨父，看着所有的亲人，我们无比感动，无比幸福。我们是多么希望每一位亲人都健康幸福啊！可老天就是那么不遂人愿，那么残酷无情，要将小姨父从我们身边带走，可他才刚刚四十岁！要知道，我是经历过丧父之痛的人。小姨父给我的感觉就如父亲般憨厚朴实。我们去旧口玩，他总是骑摩托车送我们回京山，即便天黑路滑，他也总是不辞辛劳，把我们送到家后又骑摩托车返回旧口。似乎这是一件理所当然的事情。

　　临近高考出成绩的时候，我们给表妹打电话，鼓励表妹放松心情。实际上，我们的心里是苦涩的，因为表妹要承受失去父亲的痛，她能受得了吗？进入大学后，面对高昂的学费，他们家吃得消吗？但在我们的心中，表妹就如同我们的亲妹妹，我们作为哥哥姐姐，也会尽心尽力地帮助她完成学业。

　　小姨父走了，我们不能回去为他送别，衷心祝愿他一路走好，在天堂能够幸福！也请他放心，不要担心小姨和表妹，因为有我们这么多亲人相伴，她们一定会过得很好。

（本文写于2009年7月21日）

夜已很深，我仍在想你

2009年夏，玲玲来到了广州。在经历了三个月的学习和磨炼之后，9月，她有幸进入欧派集团从事人事招聘工作。但理论知识较为扎实而实践经验相对不足的她，根据公司要求，需要在试用期加强学习，并住在公司。为此，我们又要分离三个月。在时间上我们是暂时分开了，但空间上我们却离得很近。我们可以一起过周末。如果平时真的想念对方了，也可以见面。然而，五天的等待对我来说似乎还是很漫长……

夜已很深，我的心却还醒着。烧了开水，准备泡壶茶。听着音乐，轻轻地，不想惊动夜的宁静。这样的夜晚，思绪总是纷乱。孤独却是很美的，因为想你，这孤独便有了生命，有生命的东西就是美好的。

这个夏天，有你陪伴，我不寂寞。每天下班回家有你亲手做的美味佳肴，每天清早穿着你洗的有着阳光味儿的衣服去上班，每个夜晚有你的陪伴，听着你均匀的呼吸声，在工作中受了气有你给我抚平心中的波澜。有你，真好！

这个夏天，你是辛苦的。你为我洗衣为我做饭，每逢周日还去学习关于人力资源方面的知识。多少个上午和下午，你踩着"烫脚"的地面，顶着炎炎烈日，奔波在找工作的路上。开始，你因为失败而伤心，后来，你变得坦然，你可以直面失败，还能从中分析原因。你的进步我看在眼里，高兴在心里。

茶已经泡好，我没有用小杯去慢慢品尝，而是倒了一大杯放在桌上，一边写作一边喝。没有你在身边，用小杯喝茶显得索然无味，大杯反倒来得爽快干脆。

故乡的9月已经很凉爽了，但南国的9月，却还是一片火热。在经历了酷暑的磨砺后，你有了一份比较理想的工作。不管怎么说，你都是最棒的！过去的三个月是有价值的，那九十个日日夜夜因你而永恒。

夜已很深，我依然不想停下敲击键盘的手，我想慢慢写下自己的心曲，让时间停下来，这样，我就可以写得更多。但我又盼着时间快点滑向周末，因为这样我们便可以很快相聚。既然我无法左右时间，就让梦乡快点到来，我们可以在梦里相见。深深地，想你！

（本文写于2009年9月9日夜）

放假了，就该回家

2010年10月1日下午一点，我与老婆从广州出发，踏上了回家的路。

毫无疑问，现在回趟家真不容易。尤其是交通方面，任何节假日期间都是一票难求。买到票成为成功回家的关键。即便买到了票，回家之路依然步履维艰。那列车上怎一个"挤"字了得！许多人没有买到坐票，要么在走道里横七竖八地躺着，要么在车厢之间东倒西歪地站着，更有甚者堵在厕所门口，忍受着难闻的气味，却依然可以昏睡。本来只能容纳百余人的车厢，现在可以再挤上四五十人。即便在这么拥挤的车厢里，列车上的最熟悉的陌生人——卖水果的、卖盒饭的、卖零食的，还总是不厌其烦地给已经拥挤不堪的车厢再增加额外的混乱，他们一遍又一遍地吆喝着，从连针都掉不下去的人堆间来回穿梭，我不禁佩服他们的毅力和敬业精神。但我也明白，他们是出于生存的需要，要不然，谁愿意在这么拥挤的环境里冒着过道里横七竖八躺着的人们的怒火去做生意呢？毕竟，这里鱼龙混杂，什么素质的人都有。至少在我们所在的车厢里，就发生了几起事件，一度让车厢内变得气氛紧张。

不过，回到家里的感觉还真的是好。爸爸妈妈总是围着我们转，将各种好吃的都做给我们吃，还一个劲地说我们这吃少了、那吃少了。我们欣然接受，因为我们明白这归根结底还是父母对孩子的疼爱。一个星期下来，我的十个手指，就有八个都有了"月亮"，而且都很明显。而在回家之前，只有大拇指的"月亮"最为显眼。回到广州，同事们也说，小谭回家几天似乎长胖了些。看来，回家真好，可以让我长胖些。但我冷静思考，一方面是因为营养更好，有父母的细心照顾，另一方面也是因为没有工作的压力，身心比较放松吧。放假了，就该回家，与父母团聚，享受家的温暖，放松身心，将工作抛之脑后。

国庆七天，除去在路上耽误的时间，在家里待了整整四天五夜，虽然不能待够七天七夜，却也很知足。而在家的日子，我们被父母的思念之情深深感动了，也因此，我觉得，放假了，就该回家，哪怕要历经千辛万苦！当我们走进家门，看到堂屋的墙壁上贴着我们的照片时，我们就知道了，父母多么想念我们呀！当我们看到爸爸在摩托车的前面贴着我们的照片时，我们几乎感动得要哭了，双眼噙满了泪水。父母将我们抚养成人，虽然不期望我们天天陪在身边，却也希望我们能时常在身边。妈妈说，你们爸爸说电话里不知道说什么，就是想看看你们。虽然我们每个星期都给家里打电话，但每次妈妈让爸爸和我们说话，爸爸却说没什么好说的。殊不知，他把对儿女的思念深深埋在了心底。而妈妈则与他不同，每次在电话中都能聊许久。这也许印证了一点：爸爸的爱含蓄，妈妈的爱直接。

湖北的10月，正是秋收时节。这次回家，就想着能帮父母收棉花。说来也很幸运，1号那天还在淅淅沥沥地下着雨，2号那天就晴了，一直晴到我们离开家的那天也没有下雨，这对于棉花来说，是再好不过的天气了。但父母并没有按照我们的设想让我们去地里摘棉花，反倒让我们将更多的时间放在待在家里剥棉花上了。3号那天，阳光明媚。爸爸头天就说，明天我们去拔梨树去。我说好。这天，吃过早饭，我们便去地里拔梨树。不捡棉花拔梨树，自有爸爸的道理。爸爸说，棉花刚刚捡过，地里成熟的还不多，多晒晒再去捡。隔壁的三妈他们要毁掉梨树田，准备明年改种棉花，说梨子不值钱，要赶着时间把梨树拔掉。

吃过早饭，我们扛着铁锹，带着柴刀和锄头，朝梨树地里而去。微风吹来，颇有秋天的味道，却看不见秋天的影子，因为江汉平原上还是一望无际的绿色，棉花还在不停地打苞。尤其是今年的这个秋天，因为价格"十年一遇"，棉花似乎格外令人情绪高涨，这让邻居们都兴奋不已。我在家里找来一些旧的衣服，戴着草帽，把自己打扮成一个"农民"，虽然有"装模作样"的成分，但至少不会因为干活儿弄坏了衣服而心疼，如果弄了一身的泥土，也可以开怀大笑，不必去这里拍拍那里掸掸。一个上午，我们便拔了三十棵梨树。可不要小看这个活儿，这可是个费力气的活儿。首先用刀将梨树的枝条砍掉，然后用铁锹将梨树四周的土铲走，待梨树成了无土之木后，就用锄头挖断它的主根，就这样，一棵梨树就被拔了起来。爸爸说，这些梨树拿回家晒干后，就放在那里，等你们办事（言下之意是等我们有小孩了）的时候，可以烧。我老婆说，现在都用煤气或者电，谁还用柴哦？爸爸不以为然地说，还是柴好。上午挖完梨树，因为我的手受伤了，下午爸爸就要我在家休息，不让我去地里了，他一个人负责把所有的梨树运回来。他运回来后，我就帮着把梨树搬下来。这一天下来，还没感觉到身上的酸痛。第二天早起，那种偶尔劳动一次后的全身酸痛在我身上体现得淋漓尽致，我深刻体会到了父母在家干农活儿的艰辛，以及锻炼身体的重要性。在接下来的几天里，我们主要帮父母剥棉花。摘棉花基本上没有实现，一来是成熟的棉花不多，二是父母不让我们去。

回家，除了可以与父母团聚，感受亲情，还可以带回很多好吃的东西。这次从家归来，我们可谓"凯旋"。父母总是期望我们把家里能带走的都带走，遗憾的是，我们无法带更多的东西。家里的橘子树上挂满了橘子，这对于爱吃橘子的我来说，机不可失，于是，他们在我的背包里塞了半背包橘子。荆门的藕很有营养价值，尤其是藕粉，我们便在老妈的"要挟"下带了几个胖乎乎的藕。家里自己种的辣椒，皮嫩肉厚，老妈也摘了几十个给我们装上。老妈说黑花生吃了好，有益于身体，便也给我们装了些。家里的苹果四块钱一斤，硕大的那种，吃起来脆甜脆甜的，本来老妈要我们全部带上，可实在是装不下，我们便只拿了两个装在包里……唉，要是离得近，我们可有口福了。不过，在异地他乡，还能吃到家里带来的东西，我们也无比知足。由此看来，放假了就该回家，不回家，哪来那么多好吃的呢？虽然广州也可以买到，但那味道不是家里的味道，吃起来幸福感和满足感自然淡了很多。

旅途固然艰辛，买票也很难，但家是不能不回的。虽然远隔千里可以与父母打电话，但父母更期望能亲眼看看我们，看看我们是瘦了还是胖了，而不是只听听我们的声音。我们在一天天中走向成熟，而父母却在一天天老去，如果放假，我们就该放下所有的一切，想方设法回家看看。无论如何，回趟家总没有唐僧西天取经那么难吧？所以，我们勇敢地回家，快乐地回家，有事没事都尽可能多回回家。因为，在家的感觉真好！

（本文写于2010年10月9日）

老谭当爹记

刚刚过去的这个10月，老谭我当爹了！

关于我当爹的故事，总结起来就是十六个字：紧张、兴奋、激动、忙碌、满足、疲惫、思念、希望。如果单单从这十六个字去理解，你只能感受到情感的变化。但想要知道这十六个字背后的故事，你还得跟着我往下看。

一、紧张

那一夜，我始终处于紧张状态。

10月26日下午，我接到老婆的电话，说可能快要生了。下班后，老婆又打来电话，说羊水破了。由于对孩子具体出生时间的错误判断，我们曾让医院在27日上午到家里接产妇。但到了26日晚上七八点的时候，情况越来越严重，我们便给医院打电话，让医院尽快接人。大约晚上十点，京山县妇幼保健院的车来了。晚上十一点多，岳母陪着老婆去了京山县妇幼保健院。远在广州的我，只能默默祈祷，祝她们一切顺利。

那一夜，我虽然没有在现场，但也非常紧张。一个人呆呆地坐在电脑前，毫无目的地浏览着网页，等待着她们传来平安的消息。我的内心波涛汹涌，担心她们是否平安到达医院；担心她们去医院了行动不方便，没人帮忙，饿了没办法弄吃的；担心天气冷，把她们冻着了……总之，那时的心情非常复杂。

晚上十一点左右，我实在压制不住自己焦躁的情绪，便发了一条微博：

夜已很深，但我却不想睡去，此时，老婆和宝宝正在前往医院的车上。可能是宝宝等不及我回去迎接他，急着想出来，导致羊水破了，以至于不得不提前入院。不能陪在老婆身边，我心里无比酸楚。我只能在遥远的广州祈祷，祝愿老婆和宝宝都平安顺利，相信你们是最棒的，一定要勇敢，我爱你们。

写完这条微博，我给岳母打了电话，问了她们在医院的情况，在得知老婆已经住进病房，一切顺利后，我便关了电脑躺下了。但翻来覆去，总是睡不着，脑子里全是她们的身影，不知道小家伙何时生下来。因为预产期是10月29日，我计划28日回家，车票早已买好。心里默念着，希望小家伙能等到我回去再从妈妈肚子里出来。

不知什么时候，我睡着了，做了个梦，梦见老婆要生了，她在我的耳边喘着粗气。我听得非常真切，一下子就惊醒了。醒来后发现，我身体处于极度紧张的状态。我想，即便是最紧张的高考，我也没有这么紧张过。面对一个即将诞生的新生命，我一时极度紧张起来。这一醒，就再也没有睡着了，直到上班的闹钟响起，我便起了床。后来知道，我梦中惊醒的那个时刻，就是老婆羊水破了之后最难受的时候。我想，我和老婆真的是心心相印、心有灵犀。

二、兴奋

27日上午，公司开总经理办公会，所有的会议资料都是我准备的，我必须参加。按照计划，这天下午公司要去清远开第三季度经营工作会议，需要开两天，领导要我也参加，让我去学习。我便将行李一并带到公司，准备开完会后就回家。

清晨七点，我锁好门，带上行李，正准备上班的时候，岳母打来电话，说孩子出生了。那一刻，我紧绷的神经一下子放松了，真的有种大坝决堤时的感觉，那困扰了我一夜的重压突然就烟消云散了。我高兴地走下楼去。刚走到小区的院子里，岳母又来电话了，说生了个儿子，母子平安。那一刻，我感觉这个世界格外美好，我恨不得把这个好消息第一时间告诉全世界的人。我赶紧给我的母亲、我的弟弟都打了电话，告诉他们这个喜讯。从电话中，我感受到母亲和弟弟的高兴，也似乎看到了他们开心激动的笑容。在去公司的车上，我又将这个喜讯以短信的形式发给了众多的领导和朋友。到公司才八点，我把好消息告诉同事们，同时在微博上发布了孩子出生的消息：

好消息！尊敬的各位领导、各位朋友，今日清晨七时，老婆顺产一男婴，取名骁腾，随其母姓刘。英文名：Joy。在此，我携老婆和小骁腾向各位领导、朋友和小骁腾的叔叔、阿姨、哥哥、姐姐们问好，祝你们幸福安康、万事如意！感谢大家一直以来对我们的关心和帮助。

接着，我收到了来自众多领导、同事、朋友的恭喜和祝贺。我感受到了做父亲的荣耀和喜悦。在这里，我要谢谢所有关心和帮助过我们的亲人和朋友，谢谢你们的祝贺！当然，更要感谢我亲爱的老婆，你的勇敢让我成功当上了父亲。

上班途中，我就收到了领导发来的短信，让我下午就回家。后来，老婆给我说，让我不要影响工作，反正孩子都出生了，叫我开完经营工作会议后再回去。但上班后，我把希望开完经营工作会议后再回去的想法告诉领导，领导坚持让我下午就动身回去。说真的，那一刻，我无比感激。为自己遇上这么体恤下属的领导而感动。

上午的办公会，我并没有让兴奋的心情影响会议，而是集中精力、全神贯注地投入会议之中。开完上午的会，我便将有关工作跟同事做了交接。在这里，我要特别感谢各位领导和同事，是你们让我更轻松地回家，谢谢你们的支持，也辛苦你们了！

中午，我在公司吃了午饭。但那一顿午饭，我却没吃下多少。我们主任说，你是太激动而吃不下吧。当时感觉真的没办法吃下去，平时美味的饭菜，怎么这会儿就那么难以下咽了呢？我不得不同意主任的说法。

由于此前已经买好了28日晚回湖北的火车票，但没料到孩子这么快就出生了。吃罢午饭，我便打车去广州火车站退了火车票。本来想坐地铁去广州南站，但考虑坐地铁需要一个多小时，我便又打出租车往广州南站赶。说来奇怪，一路上居然畅通无阻，这种畅通无阻的感觉一直持续到我见到老婆和孩子的那一刻。到达广州南站，买好高铁票。三点半，我就从广州南站出发了。七点半，到达武汉。到站后，我就急着去买到京山的火车票。根据我的经验，很少有从武汉站直达京山的火车，需要到武昌转车。这次，居然还有晚上十点半直接从武汉站去京山的火车。虽然要在车站等上两个小时，但那么晚了还有直达的火车，我已经心满意足了。晚上十二点半左右，我顺利到达了京山县妇幼保健院，见到了岳母、老婆和孩子。

三、激动

岳母到医院门口接到了我。推开京山县妇幼保健院住院部三楼第十二号病房的门，我第一眼看到的是老婆，然后是住在同一病房的另外一个待产孕妇和她的婆婆。我放下背包和行李，走到老婆的床前，俯身抱住老婆，亲吻老婆的额头，说："老婆，辛苦了！"然后，我才看到孩子躺在老婆的旁边。我走过去，看见了我的孩子。那一刻，我激动不已。回想许多年前，我曾梦见一个大胖小子用他胖嘟嘟的小脚蹬我的脸，顽皮地在我的怀里撒娇。如今，这一切都会变成现实。在接下来的几天，我在给小家伙换洗尿片之余，握着他的小脚，轻轻地按在我的脸上，那种感觉，让人心里的喜悦满满的。

虽然孩子已经出生快二十天了，但我还清楚地记得，我见到小家伙的时候，他正在呼呼大睡。我抱起他，亲他嫩嫩的脸蛋。我总以为自己是抱不好孩子的，然而，我居然奇迹般地抱得很好。虽然还不是那么娴熟，但我不慌不忙、从容自若。我们给孩子取名为骁腾，并为他起了个英文名——Joy。

我们很早就启动了为孩子起名这项"工作"。大约在老婆怀上Joy四个月的时候，我们就开始了。为了给他起个好名字，我翻阅了很多书籍，在网上查了大量资料，读了唐诗宋词，就连《易经》也翻阅了一遍。从中，我们确定了两个名字：如果是男孩，就叫骁腾；如果是女孩，就叫听荷。

"骁腾"二字是我在读杜甫《房兵曹胡马诗》的时候发现的。该诗最后两句是："骁腾有如此，万里可横行。"我被这种大气所吸引，便决定将"骁腾"二字用作男孩的名字。孩子出生了，我在发给朋友们的短信中告知了孩子名字的由来。我的好友回复短信，认为"侄子名字取得大气，国家骁勇之将，家族崛起腾飞之希望也"。他对"骁腾"二字的诠释，进一步丰富了孩子名字的内涵。我在此含义之上，进一步引申为"国家骁勇之将，民族腾飞之才"，我希望孩子长大后成为国家栋梁，为国为民贡献力量。当然，至于他能否如我所愿，则要看他今后的努力了。总体来说，取男孩名字，还是较为容易的。由于此前一直不知道是男是女，我们便也准备了女孩的名字。但为了取个好听的女孩名字，我们费尽了周折。这或许冥冥之中已经暗示是个男孩了。为了取女孩名字，我除了读遍唐诗宋词外，还去翻阅了《楚辞》，因为听朋友说，《楚辞》中象征美好的花草名很多。至于起了多少个女孩名，我已经记不清楚了，记得最清楚的就是很多名字刚刚取好就被我们否定了，然后再取再否定。在26日上午，我们终于确定了一个名字：听荷。我觉得，女孩子的名字一定要美，要让人产生美丽的联想。取名听荷，原因有三：一是听荷有一个动词在里面，让人听到这个名字，就会自然联想到荷花；二是荷花出淤泥而不染，濯清涟而不妖，希望孩子品行高洁；三是北宋大词人柳永"三秋桂子，十里荷花"之名句，荷花隐喻秋天出生。而对于英文名，不管男孩女孩，我们都叫他Joy，希望他快乐。

言归正传。当晚，我收拾好东西，熟悉了环境，就去开水房打来了热水，帮老婆洗澡。因为她是凌晨开始痛的，六点进的产房，七点钟孩子才出生。巨大的疼痛让老婆流了很多汗，岳母一个人又忙不过来，没时间帮她洗。我用热水把毛巾打湿，然后拧干，轻轻为她擦洗。当我看到她的身上沾满汗渍的时候，我便明白她吃了多少苦，也差点没有忍住自己的泪水。后来听她讲，半夜的时候就阵痛了。本来想告诉我，但知道我肯定睡了，就没叫醒我。听到这儿，我在心里禁不住感叹：世界上还有比老婆更疼我的人吗？在那种情况下，她想到的居然不是自己，而是我。她说："后来疼得实在难以忍受，妈说要我给你打个电话，说干脆剖宫产好了。"她说她当时很烦躁，所以没有回答妈的话。她一直把我对她的鼓励放在心里。在此之前的一个星期，我曾经对她说："要鼓起勇气，争取顺产，要相信自己，相信宝宝，也要相信我。只要医生说具备顺产的条件，我们就不选择剖宫产。"老婆听了我的话，对自己充满了信心，鼓起了十足的勇气。她带着我的鼓励踏上了生产之路。虽然为此她忍受了巨大的疼痛，而且骨盆也出现了一定程度的骨裂，以至于在床上躺了大半个月还没有完全恢复，但她不后悔，她对自己的选择感到骄傲。事实上，我在无比心疼的同时，更多的也是为她骄傲，因为我们的儿子有一个勇敢和自信的妈妈！我相信将来孩子长大了，也会为自己妈妈曾经的选择而骄傲。

那一夜，我忘记了长途跋涉的疲惫，我跟着岳母学习照料孩子。记忆中，时间过得很快，转眼天就亮了。而这一夜，由于没地方可以休息，我和岳母便趴在床边打盹。岳母五十多岁了，跟着我们熬夜受罪，我心里也不是滋味。虽然很辛苦，但岳母的喜悦之情我是能体会的，她当上外婆了，有外孙了。

四、忙碌

10月28日早上，我和岳母一起到医院外面买了早餐。我开始进入了做父亲的状态。因为岳母上了年纪，在熟悉了各种流程后，我便让她待在病房，需要跑腿的活儿都由我来做。在外面忙完，我便在病房一起陪着。由于是顺产，老婆吃了很多苦，躺在床上基本不能动。老婆需要小便的时候，岳母就负责照顾孩子，我负责协助老婆。看着她每移动一下都那么吃力，我非常心疼。我便慢慢地帮着她移动身体，让她搂着我的脖子，我抱着她缓缓坐起来，然后慢慢把腿放下床。事先，我已经为她准备好小便需要的器皿，准备好开水，在开水里放进了高锰酸钾。她小便结束，我把毛巾拧干，递给她清洗。清洗完毕，我又慢慢扶着她躺下，然后去倒垃圾。我原以为我干不了这活儿的，因为我胃口浅，很容易反胃。但这回，我却奇迹般地坚持了下来。

安抚好老婆，不一会儿，小家伙又开始哭了，我们判定他是尿尿或者便便了，于是，就给他换洗。刚开始，我不会为孩子换洗，在岳母的示范下，我很快就学会了，而且越来越娴熟。总结经验后得出，他哭得很厉害的时候，就是大小便了，我便马上给他解开纸尿裤，一看，果不其然。然后给他换下，用开水烫了毛巾，晾一会，拧干毛巾，给他擦洗干净，再换上新的纸尿裤，并按照医院教的方法把他包起来。小家伙还是蛮乖的，换洗完了，他也就不哭了。他很调皮，喜欢"动手动脚"的。这不，他自己把自己脸上抓了几个红红的印记。我和岳母吸取教训，把他包起来的时候把小手也包进去，以免他又抓伤了自己。不过，他倒是恢复得快，半天的时间，脸上的红印就不见了。

一般情况下，顺产第三天就可以出院了。但鉴于实际情况，医生建议第四天出院。在医院的这几天里，小家伙每天早上六点多就醒了。他一醒，就宣布着新的忙碌的一天开始了。我打来热水，为他换洗。换洗完毕，倒去脏水，重新打来热水准备着。然后帮老婆方便。完成这些后，我便出去买早餐，岳母就负责给孩子喂奶粉。因为直到出院的时候，老婆奶水还没怎么下来，按照岳母的吩咐，我给老婆买了红糖煮鸡蛋和鲫鱼炖豆腐，还有我们吃的油条、豆腐脑之类的一大堆。

早餐结束大概九点了，该抱着孩子去洗澡了。前两次是岳母抱他去洗的，我抱着他去洗了一次，但还没结束，就被岳母换下来了，因为主治医生说需要给我老婆拍个片，看下骨裂的情况，我便陪老婆去拍片了。由于有很多婴儿，所以常常要排很久的队，以至于岳母每次都累得满头大汗。

类似的活儿重复着，很快，就到了中午。夜晚渐渐来临，小家伙却不愿意好好睡觉，一个劲地哭。岳母说，看着孩子哭个不停，她就浑身冒汗。是啊，孩子一哭，脸上就红红的，让人心里非常着急。岳母已经连续三个晚上没有好好休息了，而且我也感觉到非常疲惫，所以，我便在医院外面的旅店开了一间房，我跟岳母说："我们轮流休息，这样才熬得住啊。"不知是她老人家怕麻烦，还是她不愿离开病房，只有我一个人去住了一夜。第三天晚上，我发现我们隔壁房间的床空着，便和岳母商量着可以过去休息。刚开始她仍然不愿意。最后，我生气了，我说："叫您去就去，又不是吃饭，推来推去的。"见我生气了，她很不情愿地过去休息了。可后来，孩子闹了，她听到哭声，又跑了过来。她似乎觉得我没把孩子看好，不是很高兴。但我很快就将孩子哄睡了。她见孩子不哭了，这才放心地过去睡了。后来听她说，她过去一会儿就睡着了。是啊，上了年纪，五十好几的人了，已经忙碌了两天两夜，如果再不休息下，身体怎么吃得消？出院那天，我在车上笑着和她说起这件事。我说："您又不比我们年轻人，以后还有的是苦够您吃呢，如果把身体累垮了，您怎么'服侍'您的外孙？"她乐呵呵地笑了。但那天晚上我发完脾气后，心里还是很后悔，毕竟她是长辈啊！但如果我不坚定地表明我的态度，她是绝不会休息的。

五、满足

10月30日夜，是我们从医院回到家里之后度过的第一个夜晚，也是骁腾出生后第一次在家里过夜，更为特别的是，这还是我、老婆和骁腾三个人一起度过的第一个夜晚。那一夜，老婆躺在我的右边，宝宝躺在我的左边，我的心中充满了幸福，我感觉自己是这个世界上最幸福的人，我把这种感觉带入梦里，甜甜地睡去。我多想时间能够慢一些，再慢一些，甚至停止在此刻，让那种幸福和满足的感觉永恒。

很多人会问我，为什么孩子不跟你姓而要跟你老婆姓呢？事实上，比起我所得到的，跟谁姓已经不重要了。2004年的秋天，刚上大三，我与老婆坠入爱河，从那时起，我们便决定相亲相爱一辈子。时间过得真快，一转眼，八个年头过去了。就在我们相爱的第八个秋天，我们的宝贝儿子出生了。这对我们而言，是多么值得开心的事情啊！我们的爱情之花结出了幸福之果，有什么比这个更重要呢？

回想一路走来的风风雨雨，老婆对我一心一意，在我最困难的时候选择了我，给了我坚定的支持和鼓励。尤其是在这个金钱至上的时代，老婆没有把钱放在首位，而是把我们的感情放在首位。时至今日，我始终记得那句让我决定好好爱她一辈子的话，她说："即便你成了一个乞丐，我也会爱你一辈子。"她的这句话，让我无论身处何地，都信心十足，充满勇气。每每想起曾经恋爱的那段时光，那些点点滴滴，幸福就如潮水般涌上心头。

八年多来，我们相濡以沫、心心相印、患难与共、风雨同舟，对彼此的依恋和爱意随着时间的流逝而不断加深、增多。八年多来，我们没有过大的争吵，反而是一些零星的小吵，进一步加深了我们之间的感情，使我们的生活有些许波澜。我们时常回忆那些小"浪花"，并以此作为笑料，生活因此而增添了更多的情趣。工作五年来，我们先是在一家公司上班，然后我们不在同一家公司了，但相距不远。再后来，我来到广州，她还在中山，这段长达一年多的牛郎织女般的异地生活，进一步考验了我们，但我们从来没有因为距离的原因而有过别的想法，我们的心时时刻刻都在一起。福荣车队的汽车成了我们穿梭于广州和中山之间的公交车。每到周末，她都风雨无阻地从中山出发，来到广州，或者我做好饭了等她，或者去半路上接她。我要说的是，在那一年多的时间里，老婆辛苦了。因为绝大多数时间是她来广州，因为她住在公司的集体宿舍，我去中山要在外面住宾馆，她觉得既不安全也不划算。2009年的夏天，我果断做出了让她辞职来广州工作的决定。从此，我们便结束了两地分居，开始过上了更幸福的生活。

说实在的，我欠老婆的实在太多太多，她为了我付出的也太多太多，如果在孩子姓什么上面都要跟她斤斤计较，那我还是个爷们儿吗？我爱她，我曾经也承诺过将来有孩子了跟着她姓，难道我要食言吗？更何况她还是独生女。所以，这个问题，真的不需要再回答。是她给了我做父亲的资格，是她让我有幸体会到那种无以言说的幸福。我很满足，也很知足。因为感恩，因为爱，所以我幸福，我快乐。

六、疲惫

当爹了，必然是高兴的，但疲惫也是难免的。不过，相比于带孩子，我还是轻松的。毕竟，我只在家里待那么几天，更辛苦的还是老婆和岳母。但那种累并快乐着的心情，我还是想要记录下来。在医院的那两天三夜，是最辛苦的。回到家后，小家伙并没有消停下来。我在家的那几个晚上，他三点钟之前基本上不会让我们睡个安稳觉。一般我给他换洗完毕，刚刚躺下睡着，突然他就开始哭起来，那哭声是从小到大，从弱到强，从断断续续到持续不断。于是，我赶紧起床给他换尿不湿，并给他擦洗干净。都换好了，他还睁着眼睛不睡觉，张着嘴巴要吃奶。看着老婆疲惫的样子，我真不忍心让她给孩子喂奶。因为刚从医院回来，老婆坐起来都还非常吃力，我希望她能多躺一下。但小家伙就是不按我的想法行事，见我没有要给他喂奶的意思，便又哭起来。看着他哭得脸上红红的，我心里焦躁万分，真希望自己可以喂奶，矛盾的心情让我情不自禁地拍了一下他。但拍过后，我就又后悔又自责。他多么无辜啊，我干吗拍他呢？最后，还是很不情愿地跟老婆说，你还是起来，喂喂这个"好吃佬"吧。如果他吃了奶就消停下来，也还好点。但他吃了消化得很快，不一会儿，又尿尿了，再一会儿，又便便了。就这样反反复复三四次，以至于我在每天上床之前都要给他准备好三片尿不湿，在最短的时间满足他的需求。现在想来，他真的像我的客户，我得罪不起啊！我必须二十四小时随时待命，他一个哭声我必须马上到达，不允许我有半点犹豫。我甚至用我的公鸭嗓子给他唱儿歌，哄他睡觉。虽然经常跑调，但偶尔也有唱得还过得去的时候。听着我近乎噪声的歌声，骁腾同学倒是慢慢地睡着了。

在家的日子是短暂的。从10月30日回到荆门的家里，到11月6日离开家，虽然也有八天，但实际上真正陪着他们母子的时间并没有这么多。10月31日，我一大早就去往我的老家巴东，赶去接孩子的奶奶来荆门看她的孙子。11月1日，经过大半天的折腾，我和母亲来到了荆门，她见到了她的孙子。在接下来的几天时间里，我又去县城给孩子办出生证明，然后和岳父一起去给孩子上户口，办独生子女证。11月5日，趁我在家，我们给宝宝摆了酒席。11月6日一早，我便踏上了返回广州的路途。因为路途遥远，交通复杂，我首先将母亲送回了巴东，当天下午又从巴东坐火车到宜昌，晚上七点半，我上了从宜昌到广州的火车……

其实，最辛苦的还是岳母。她一边要料理家务，一边还要照顾一大一小。由于老婆还没有完全恢复，所以，晚上Joy也是由我岳母照看。原来需要我做的事情，在我走后，就全部由岳母做了。岳父是个停不下来的人，岳母的精力全部用在服侍女儿和外孙两人身上了，家里的农活儿就全部落在了岳父身上。作为孩子的父亲，我对此感到愧疚，辛苦了两个老人。但我相信，他们也是乐意的，岳父没有等到六十岁就抱上孙子了，而岳母早就想抱孙子了，这回，如了她老人家的愿，也要让她过足当外婆的瘾吧！我母亲由于距离远，没机会陪在孙子身边，所以，我计划后年，让她到广州来看望孙子。明年，老婆和孩子都会来广州，岳母也会跟着来。只是这样就苦了岳父，让他一个人在家了。如果他愿意，我也希望他能一起来广州。但他表示，他不愿意过来。我作为女婿，还是必须尊重老人的决定。

回想在家的这段时间，我真正在床上躺着睡觉的时间加起来不会超过四十八小时，很多时候我都是在车上睡觉。有一次，我坐在岳父的摩托车后面，居然差点睡着了。幸好我手抓得稳，要不然可能会从摩托车上摔下去。尽管真的很累很累，但比起岳母和老婆，我这点累算得了什么？我的心里是快乐的，有一种无形的动力推着我做各种各样的事情，我没有想过要逃避。我想，这种动力或许就是责任，一种与生俱来的责任。而这些经历，都让我更加珍惜与父母的感情。我深刻体会到了做父母的不易和艰辛。我甚至感慨：如果一个人不做一回父母，都不能算作一个完整意义上的人。所以，我更加感谢我的父母和我的岳父岳母。是我的父母生了我养育了我，是我的岳父岳母养育了一个美丽贤惠的好姑娘。因为有了你们，才有了我们今天的幸福。

七、思念

回到广州起初的那些日子，我总觉得自己应该不会很想念孩子的，总觉得孩子刚刚出生，还没有和我长时间待在一起，我应该不会朝思暮想。但我错了，我甚至没能扛过三天，就几乎思念成疾。我终于明白，父母与孩子之间，是不需要时间去培养感情的，那血缘关系便是天然的纽带，将我们紧紧联系在一起。在离开家的日子里，当秋风吹过树梢的时候，在秋雨淅淅沥沥的夜晚，工作累了停下来喝水的间隙，我就会情不自禁地想念老婆和儿子，也想念两边的长辈。换个角度想一想，爸爸妈妈又何尝不是和我一样，在天天想念自己的儿子呢？只是，他们理解我，知道我也不容易，所以，将这种感情埋藏得很深很深，以至于我不仔细揣摩都难以发现。而我的老婆又何尝不是时时刻刻都在想念我呢？从每天你来我往的短信和电话中，我们能感受到彼此之间的那份牵挂和思念。当然，骁腾是不会想我的，他太小了，应该还不知道想念是怎么一回事。他每天干得最多的事情，就是吃奶、睡觉、大小便这三件事。

最近几个晚上，我有些失眠，脑子里都是老婆和儿子的画面，越想越兴奋。于是，我翻出手机里的视频和照片，一遍又一遍地看。我来广州后，老婆用手机给我发了几张儿子的照片，看得我心里痒痒的。其中我最喜欢的一张，是他和老婆脸贴着脸的。老婆说，他就要贴着脸睡。我就在心里想啊，都出生二十天了，应该比我走的时候要大很多了，如果贴着我的脸，会是一种什么感觉呢？11月16日晚上九点多，我又发了一则微博，记录了当时的心情：

今天是骁腾出生二十一天的日子。因为工作原因，我的《老谭当爹记》还没有完成，不过，已有五千多字的初稿了。最近，经常梦见儿子和老婆。每次收到老婆用手机发来的照片，我都激动不已，默默地看上半天。听老婆说，骁腾很乖，吃喝拉撒睡都很有规律，这让我无比欣慰。期待着老婆尽快恢复，那样我们就可以多打打视频电话。

最让我开心的事情，莫过于老婆的身体一天天康复，而儿子也越来越乖。听老婆说，现在每天晚上八点左右给儿子洗完澡，他就会一觉睡到凌晨三点左右，然后醒来给他"大扫除"并喂奶后，他就一觉睡到天亮。真想回家抱抱他，在他脸上深深地亲一口，和他贴贴脸，握握他据说已经长胖了的小手和小脚。

我知道，思念这种东西，最好还是埋藏在心里，就如种子，最好放在干燥的地方，一旦让它发芽了，它就会疯长。而我更要好好工作，要为这个刚刚增加了新成员的家贡献更多的力量。所以，我不能淹没在思念的潮水里不能自拔，我必须分清什么时候该思念他们，而什么时候又该放下这些，全身心投入工作。

关于思念，我想用这么几句话来总结：

思念是一首诗，一首很短很短的诗，你读了一遍又一遍，却永远也读不完其中的深意；

思念是一杯酒，捧在手里，久久闻香，不忍喝下；

思念是一条河，一头连着游子，一头连着亲人，你可以听到河水掀起细微波澜的声音；

思念是一轮月，你看着她的时候，她看着你，你不看她的时候，她在远处等着你。

八、希望

其实，要写的东西还有很多很多，尤其是一些细节，因为记忆力的关系，一时半会儿都记不起来了。若干年后，小家伙已经长大了，能识文断字了，当他看到我写的这篇文章时，不知道会作何感想。但我相信，他一定已经成为一个聪明能干的人了。这就是我对他的希望。

"希望本是无所谓有，无所谓无的，这正如地上的路，其实地上本没有路，走的人多了，也便成了路。"鲁迅先生的这段精辟论述，让我顿悟。"希望"这个东西，说有就有，说无就无，说它虚，它就真的虚无缥缈，说它实，它又真的存在。所以，要将"希望"讲清楚，是很难的。

　　对于骁腾，第一就是希望他健康。健康，对任何人来说都是第一位的。当然，这里需要补充一下的是，这种健康我认为不应该仅仅局限于体魄的健康，还要有一个健康的心态，或者说健康的精神世界。在某种程度上，健康的心态比健康的体魄更为重要。除去健康之外，居第二位的就是如何做人的问题。做人这个话题太大、太深奥，也不是三言两语就能说清楚道明白的，但最基本的是要做一个正直善良、对社会有益的人，做一个"爱人者，人恒爱之"的人。第三就是希望他聪明，能够成才，对得起我给他取的名字。至于成为一个什么样的才，我不去要求，这是他的自由。"希望"谈得多了，也许对他来说就会成为一种包袱和压力。所以，我也不想展开去讲这些枯燥乏味的大道理。总之，我相信我们的骁腾同学会是好样的人。

　　其实，能成为一个有心人就够了。因为有心，很多东西可以自己去感悟。自己感悟到的才是感受最深刻的，枯燥的说教没有多少意义。这就如做父亲的艰辛，只有我当爹了才能感受到，而做父亲的幸福，也只有我当爹了才能体会到。

　　最后，我还是想重复本文的第一句话：刚刚过去的这个10月，老谭我当爹了！

（本文写于2011年11月中旬）

收拾心情，准备回家

回家，一直都让我很激动，甚至整晚都睡不着。但今年，我却出奇的平静。今天已经腊月二十七了，明天下午三点，我将搭上回武汉的列车。我想，除了今年总共回家六次之外，更多的原因可能还是心态开始变得平和了吧。毕竟，我今年已经三十岁了，儿子也有了，我已是一个孩子的父亲了。

其实，并不是我不想家，只是，我学会了把很多感情深藏心底，不去剖开，不愿去触及心灵深处最柔软的地方。可我看见儿子的照片，想起家里的亲人，一股暖流就会在心底涌动。我一遍又一遍地看，百看不厌。由此可见，我只是把很多东西埋在了心里很深的地方。因为，我没多少时间去想这些。

我清楚地知道，儿子在老家，有他妈妈和外公外婆精心照顾，我很放心，也很省事，而且，压力也要小很多。但这是一个完整的家吗？作为父亲的我，缺席儿子的成长，我算是一个合格的父亲吗？一转眼，从老婆回家待产到孩子出生再到现在，已经有半年多的时间了。

这些年，我与老婆经历了三次"牛郎织女"式的生活。第一次是我们大四的时候，我俩在两个地方实习，时间是半年。第二次是我们工作后的第三个年头，我从中山来到广州，而她还是在中山，这段时间长达一年零三个月。第三次也就是这次了，从2011年6月到2012年1月，也是半年多的时间。这种分居两地的日子并不好受。有人说，小别胜新婚，但长时间不在一起，相思之苦真的难以形容，更无法诉说。我感觉我受够这种生活了。所以，我又一次做出决定，让老婆和儿子在今年的正月初七与我一道来广州，孩子的外婆也随我们一起，来帮忙照料孩子。

也许，我会因此承受更大的压力，但我要承担起陪伴儿子成长的责任。想想自己小时候，每次父亲出门了，我就眼巴巴地望着，希望他能早日回来。虽然他很凶，脾气也不好，但我依然对他什么时候回家充满期待。如果他很多天没回来，我会经常在家门口张望，希望看到那抹熟悉的身影。母亲很疼爱我，而且从不打我，但她不能替代父亲在我心中的位置。父亲就是父亲，没有人可以代替，哪怕是再慈祥的母亲。父亲和母亲是孩子心中的一个天平，任何一方都不应该被倾斜，否则，孩子的心灵要如何平衡？

今天是农历2011年在公司上的最后一天班。明天上午，开完会，吃完团圆饭，就宣告农历2011年的工作时间全部结束，我也将踏上回家的路途。我期待着与家人的团聚，期待着亲一亲儿子嫩嫩的脸蛋，告诉他：你老爸回来喽！

（本文写于2012年1月20日）

夏夜小记

往常的这个时候，应该是我和老婆就谁去洗儿子的奶瓶而用剪刀石头布做决定的时候。但今晚，我把儿子哄睡后便自觉地去洗了奶瓶。因为妻子出差在外，我要肩负起做爹又做妈的重任。

晚上吃完饭，我准备陪儿子玩贴贴纸游戏的时候，发现有蚊子，担心他坐在那里被蚊子咬了，所以我便带儿子下楼去买蚊香。我们买完蚊香回来，儿子没等我走进门，便大声喊："妈妈，妈妈……"听到儿子连喊几声妈妈，而妈妈却不在家，我对儿子的心疼犹如泉水，顿时喷涌而出。

看来，我与儿子一样，都在想念同一个人。愿我们共同爱的那个人在外平平安安，一切顺利，早日归来。

今天下班回到家，儿子正在玩水。我说，你怎么又玩水呢？本来想责备儿子几句，但想了想，还是忍住了。一方面，外婆白天一个人带着他，给他做吃的，已经很不容易了；另一方面，我们要上班，除了周末，真正陪儿子的时间实在太少。所以，我没有责备儿子。不知是为了弥补内心对儿子的亏欠，还是我父爱大发，我一回到家，就找出书来，教他用彩笔给各种图形涂色。看着他稚嫩的小手在我的指导下，将一个个图形涂成不同的颜色，我发自内心地感到高兴。虽然他涂得还不是那么好，但那一笔笔、一画画，都是他自己涂上去的，我为他的每一点进步而高兴。看得出来，他是多么喜欢和我一起阅读、涂鸦、做游戏。吃罢晚饭，买来蚊香后，我们又一起玩贴纸。其中有一张"大公鸡"的贴纸和一张"小鸭子"的贴纸，不仅颜色鲜艳，而且设计得也很生动，非常精美，他十分喜欢，我便让他将它们贴在了冰箱上。他小心翼翼地贴上去后，还专门亲了亲这两个小动物的贴纸。

今早临上班的时候，儿子醒了。他躺在我怀里，奶声奶气地说："爸爸，你陪我吧。"我听了，心里是真不舍得去上班。我便给他讲了为什么不能陪他的原因。然后他又问："妈妈去哪儿了呢？"我说："去出差了，过几天就回来了。"他没有再问。我说："还早呢，你再睡会儿吧。"他便乖乖地又睡了。

晚上的时间过得真快，写这么点文字，已过去了差不多一个小时，索性就此结尾。但该给这篇文章取个什么名呢？想来想去，就叫作《夏夜小记》吧。愿每一天都有意义，也愿每一天大家都过得开心、幸福、充实、温馨。

（本文写于2014年7月9日）

浓浓的国庆，淡淡的秋

10月的广州，虽然热气尚未完全消退，但天气已经开始转凉了，尤其是早晚，偶尔也有凉风习习，这多少有了点秋的味道。

在度过了一个个难忘而充实的日子后，我们送走了这个国庆黄金周。说这个国庆假期难忘而充实，其实也并不全面，事实上，伴随着的也还有旅途的奔波和疲惫。但除开这些，应该还收获了许多的快乐。

增城会友

假期头两天，我带着一家老小与好友海洲一家先是去了广州香雪公园，后又去了增城白水寨。两天的时间，在我们的亲切交谈和觥筹交错中悄然而过，只是辛苦了海洲他们两口子。在香雪公园，孩子们玩得非常开心，我们也放松了心情。行走在绿树掩映的小道上，抑或是流水潺潺的小溪边，给孩子们拍拍照片，为他们留下儿时的回忆，我们的欢声笑语洒满公园的每个角落……这一切都是那么惬意。而在白水寨，我们真切地感受了一把国庆"人潮"的气氛，望着那从山脚绵延到山顶的人，对摩肩接踵、人山人海等成语的含义有了更直观、更深刻的领悟。虽然人很多，但孩子们却似乎毫无察觉，在他们的眼中，只有溪水淙淙、圆滚滚的鹅卵石、快活地游来游去的小鱼儿。孩子们这种只见快乐、不见烦躁的精神，深深地感染了我，让我对眼前的"人潮"大军多了几分容忍。

事实上，快乐一直存在，只是取决于我们的选择。这就好比摄影，人们通过照相机对景物进行选择和剪裁，欣赏一张张美丽的照片，于是获得了愉悦的体验。但事实上，照片之外或许有很多令人不快的东西。但作为一个希望将快乐传递给他人的摄影师来说，他需要做的就是选择快乐。如果人人都将快乐传递给别人，那么，我们该生活在一个多么快乐的世界啊！

表弟来穗

国庆第三日，老婆的表弟来到广州，这是他第一次与我们在广州相会。我们吃罢午饭，便一起去看了一场电影。由于时间关系，我们看的是动画片《麦兜·我和我妈妈》。但让我们啼笑皆非的是，除了老婆和表弟，其他人都睡着了。我们打趣地说，出了钱跑到电影院睡觉。我也逗妻子，说我们是专门给她和她表弟创造点回忆童年故事的机会。因为我老婆只比她表弟大不到一岁，他们从小在一起长大，姐弟俩感情很好。我问表弟："刘某人小时候有没有做过什么坏事啊？"表弟想了想说："姐曾经给别人家的锁里面塞了东西，以致人家费了很大的劲儿才打开锁。"我听了，不禁笑起来，说道："没想到你姐居然这么坏，难怪腾腾那天也把我们家的锁给堵上了，原来这是有原因的啊！"

深圳小聚

第四、五日，我们一家子去了深圳，并与我弟弟和弟媳妇一起去了海边和求水山公园。海边的人，那真叫一个多。沙滩上坐的、躺的、站的、玩沙的、吃东西的、睡觉的，五花八门；海水里泡着的、游着的、浮着的，也是不一而足。我们好不容易才找到一块空地，然后安营扎寨。我和弟弟都下了海。我不小心被灌了一口海水，那叫一个咸啊！无论我怎么吐，那个咸味都对我不离不弃。这是腾腾第一次来到海边，一开始，他有点不知所措。而在来海边之前，他天天说要到海边捡贝壳、玩沙子，结果真正到了海边，除了数不清的人之外，连一个贝壳的影子也没看见。不过，他玩沙倒是玩得起劲，也玩得开心。但面对汹涌澎湃的大海以及那奔涌而来的海浪，他还是有点害怕。岳母则很想下海，说用海水泡一泡有益于皮肤健康。由于担心着凉，在我的劝说下，她才不甘心地放弃了。时间过得很快，一转眼天已开始暗下来，海边的人群也开始慢慢散去，当然也有准备夜游的，不过，这毕竟是少数。

从海边回到深圳市区，已是晚上十点。好不容易找了一家东北菜馆吃晚饭。本来兴致还算不错，但因为其中一个菜炒得实在不敢恭维，色香味及做法完全与菜单上的不一致，以至于我很生气，质问了饭店的人员，使得气氛显得有点沉重。后来我仔细反思，如果他们能够有精益求精的精神，对工作的态度能够更认真些的话，我想我应该没有机会责备他们。但我也对我这种不够包容的行为进行了自我反思。毕竟那么晚了，别人能够为我们服务，已经不容易了，我又何必要责备他们呢？

在深圳的第二日，我们在求水山公园玩了很多娱乐项目，而让我永远无法忘记的项目则是"挑战者之旅"了。这次的挑战，让我在完成项目后脸色苍白得如一张白纸，而在高空中那种天旋地转的无助感，让我感觉自己的承受能力达到了极限。我想，有了这一次经历之后，我今后都不会再去挑战高空项目了。看来，随着年龄的增长，即便我想挑战，身体也已经不允许了。由此，我更加怀念逝去的那些青葱岁月。然而，往事不可追，逝去的时光一去不复返了。唯有把握住现在，趁着年龄还不算太大，赶紧抓紧时间去学习，去提升自己，否则，就真的是"少壮不努力，老大徒伤悲"了。

夜读《曾国藩》

见识了景区里的人满为患后，我非常庆幸自己没有在这个国庆假期去远方旅游，不仅浪费时间，而且也看不了什么风景。事实上，欣赏风景是需要比较轻松自在的环境的，倘若置身于人海之中，除了在人群之中寻找挪脚的地方外，还真是不知能做什么。在外游玩了五天之后，我将余下的时间主要用来调整身心。而最让我有收获的调整方式莫过于利用每晚的时间拜读《曾国藩》了。其中的一个夜晚，我居然一直读到了凌晨两点多才去睡觉。我被书中的故事深深吸引，也为故事中人物的命运揪心不已，更为曾国藩、左宗棠、李鸿章、石达开等历史人物的思想和智慧所折服。当然，其中一些小人物的温情故事也感人至深，有时候读着读着，眼眶里竟然已噙满泪水。

读书，让我忘记夜晚，忘记时间，忘记自己已是三十多岁的人了，仿佛自己还是一个学子，置身于书中描述的社会之中，看先贤们的为人处世之道和运筹帷幄之法，尤其是看着他们一步步实现自我超越和自我蜕变，逐步走向成熟，在艰难困苦中砥砺前行，我感觉自己获益匪浅。我仿佛已与他们在一起，成为他们中的一员，与他们同欢乐共伤悲，那种释然，那种乐趣，只可意会不可言传。

如果想要一个秋意深浓的秋天，对于身处广州的人来说，那无异于是一种奢望；但如果我们的要求不那么高，只要用心去感受，这样的秋天也并不那么可望而不可即。今年的国庆假期已经成为过去，回首这个假期，虽然没有什么特别的惊喜，但每一天都过得很有意义。愿生活天天有进步，天天有收获，虽然平平淡淡，但这又有什么不可以呢？人，知足而常乐。我想，这就足够了。

（本文写于2014年10月9日晚）

凌晨四点的端午

凌晨四点的端午，一觉醒来，便再也无法入睡，思绪纷纷，辗转反侧，索性披衣起床，打开台灯和电脑，将纷繁思绪诉诸笔端。

这个6月，于我们而言，是艰难的。为了帮助朋友，我们倾尽所有，加之本月要开始还月供，且工资中非现金收入占比太多，以致扣税较多。此外，还需缴纳房租。综上种种，我们手中的现金一时竟捉襟见肘。没钱的日子，心里惶惶，无形的压力让人喘不过气来。

在这艰难时刻，我总是宽慰自己："一定要挺住，过了这道坎儿，就会一马平川。"其实，这样的日子，我们已不止一次领受过，但每一次，我们都能够克服，虽然其中不乏煎熬，但也都从容度过。因此，我相信，这一次也一定能够安然度过。鉴于此，这个端午，我们计划就在家宅着，哪儿也不去，在家看看书，做两顿好吃的，锻炼锻炼身体。如果有时间，就去江边散散步，吹吹江风，体悟所谓的"逝者如斯夫"，过一个轻松闲适的端午。

艰难时刻，让我忆苦思甜，让我倍加珍惜生活，珍惜与我一起吃苦奋斗的爱人。这么多年来，我们相濡以沫，携手同心，一起走过了多少条蜿蜒崎岖的道路，一起翻越了多少座荆棘丛生的山梁，一起蹚过了多少条波翻浪涌的河流，一起度过了多少个漆黑的夜晚……我们都无法一一数清楚。我们只知道，一路的艰辛，没有让我们退缩，我们的心紧紧地抱在一起，我们把那蜿蜒崎岖的道路变为坦途，把那荆棘丛生的山梁变为观景台，把那波翻浪涌的河流变为风平浪静的河流，把那漆黑的夜晚变为甜美的梦乡……人生难得有个知心爱人，纵然生活百般艰难，但因为有相爱的人一路陪伴，再高的山也得攀，再急的河也得蹚，再艰难的日子也得微笑着开心地过。

太阳渐渐升起，窗外已是一片明亮。一如我的心，在经历了黑夜中的等待后，心情也开始变得灿烂起来。想着今天是端午，我的思绪又回到了童年。记忆中的端午，老家的山间地里，到处是一片葱绿。田埂上的艾蒿，绿油油的，有的比当时的我还要高。在清晨的风里，艾蒿们迎风舞蹈，散发出迷人的清香。现在回想，她们的舞姿何其优美，她们的身影何其婆娑，她们的芬芳何其沁人心脾，那一片片绿叶，就如一块块绿色的翡翠，沾着露珠，在清晨的阳光中熠熠生辉。每年的端午，老妈都要去田埂上割一大抱艾蒿回家。我还能想起，老妈抱着艾蒿，满脸都是喜悦。她将其中的两株长得最壮最好的艾蒿插在大门上，其余的则放在架子上曝晒。老妈对我和弟弟说，端午节这天，在大门上插了艾蒿，一家人都会平安。而晒干的艾蒿，具有清热解毒的功效，可以入药。童年的端午，老妈每年都会这样做。但不知今年她是否还会割一大抱艾蒿，并在大门上插上两株呢？作为儿子，不能陪在父母身边尽一份孝心，一种深深的愧疚笼罩了我，让我的心无法安宁。

凌晨醒来的时候，最思念的莫过于儿子了。心里想着，若是他在身边，我一定要好好抱抱他。自5月中旬送他回湖北外婆家后，至今已有一月有余了。时下正值端午时节，我们分居两地，我没有像我老妈一样，带着孩子去割艾蒿，更没有在门上插上艾蒿并告诉孩子这样可以祈福平安，身为父亲，我深感自责。儿子在老家并没有闲着，虽然回去主要是玩，但也去上了幼儿园。通过他们老师的微信，我看到他每次都站在大家的后面，心里就有种莫名的伤感，总觉得他应该站在前面。因为根据我自己的求学经历，站在后面，往往不会引起老师的关注。但我又劝自己，站在后面，一方面是因为他个子比别人高；另一方面，站在后面也没什么不好。其实，无论站在哪里，关键还得靠自己。只要自己有一颗积极进取的心，无论站在何处，都可以收获成长、实现自我。思来想去，发现自己真是想得太多，这或许就是为人父母的心路历程吧，总是那么纠结，总是有操不完的心。期待着8月，期待着我们的相聚，愿亲爱的儿子在老家玩得开心快乐。爸爸虽然没有像奶奶一样，在大门上插上艾蒿为你祈福，但我在心里插满了艾蒿，为你祈福，祝你平安。

是的，我还应该在心里为我的每一位亲人、每一位朋友都插上一株艾蒿，祝你们平安，健康，幸福，祝你们端午安康！

（本文写于2015年6月20日清晨）

翻山越岭，只为见久别的亲人

刚刚过去的这个春节，于我而言，是别有一番滋味的。本想把回家过年的点点滴滴记下以作回忆，然回广州已有数日，因诸多事务需要处理，一时竟未能抽出时间。昨日与富兄交流时，说起应该写写春节期间的一些感受，没想到富兄竟然说写就写，今日其大作《回家过年》已见其空间，执行力之强让我钦佩不已。而细细读来，仿若故友重逢，犹如同学夜话，其文洋洋洒洒，其情感人至深，其意回味无穷，颇有饮故乡之甘泉、品老家之纯酿之感。今日略有闲暇，便将春节见闻感触诉诸笔端，一则和富兄之文，二则留住春节之时光。

归心似箭

腊月二十九日，我与妻从广州起程，坐上回湖北的高铁。因当日无回老家巴东的列车，我们在抵达武汉后便夜宿汉口，以待次日上午乘坐从汉口直达巴东的动车。深夜难眠，想着明日即是大年三十，大多数人已与家人团聚，而我们尚在回老家的途中，心情不能平静，遂作《除夕前夜宿武汉》以抒怀，曰："今夜武昌城，人月均已稀。卧闻长江水，窃窃思故里。大海呼儿归，江水东流去。孰知吾爹娘，却在荆楚西。"我借用滚滚东归大海的长江水表达我急切西归老家的心情。

腊月三十日上午，我与妻收拾停当，便从酒店赶往汉口火车站，坐上了回老家的动车。这些年，鄂西地区发展迅速，先是通了高速公路，而后又通了火车，近年还开通了动车组。这极大地缩短了恩施与其他城市之间的距离，也加快了我们这些奔波在外的游子们回家探亲的脚步。列车驶过广袤无垠的平原，穿过一个个山间隧道，进入恩施地界。沿途的风景自是险峻壮美，但我的心早已飞回了那个熟悉得不能再熟悉的地方，所以，我很少去关注车窗外时而闪过的险峻风光以及呼啸而过的隧道，而是或闭目或看书或与妻闲谈以打发时间。

除夕团圆

回到老家，已是下午三点。老家的山间，已经沸腾，鞭炮声此起彼伏，浓浓的年味儿扑面而来，周围许多邻里已经开饭。我也点燃鞭炮，与老爸老妈、妻子一起吃起了年夜饭。爆竹声声辞旧岁，祝福满满迎新春。在这辞旧迎新的时刻，看着眼前的亲人，想着远方的亲人，我的心头百感交集。

眼前的老妈，再过两年就到六十岁了。近三年来，她先后帮着我和弟弟带孩子，吃了很多苦；我们回来过年，她又忙前忙后，十分辛苦。而老爸虽然不是我的亲生父亲，但这么多年来，彼此之间积累了深厚的感情，加上老妈不在老家期间，他肩负起为我们看家护院的重任，把老家看管得稳稳当当。所以，对于他，我的心中始终充满着感激。犹记得去年11月送老妈回去，我说我们刚刚买房，又要还债，手头不是很宽裕，这次回来不能给他什么钱，他说："不需要你们给钱，你们能回来看我，我就很开心了。"听他这么说，我无比感动。别说是对我有养育之恩的人，即便是素不相识的人，相处得久了，也会有感情。所以，对于他们二老，我一视同仁，一样敬重。可喜的是，他们二老都身体健康，吃得了饭也吃得了肉，所以，我深感宽慰。

深切想念远方的亲人，包括岳父岳母、我的儿子、我的弟弟一家。由于去年11月我们把儿子送到了荆门岳父岳母家，这次我们从广州直接回我的老家巴东，因此，未能带上儿子。除夕之夜，我们不能陪在儿子身边，思念之情萦绕心头。不过，有他在荆门陪着他的外公外婆过年，我们的心里也略感安慰。弟弟曾于腊月二十日前后回了趟老家，然后又赶回了深圳。除夕之夜，他坚守在厨师岗位上，为更多人的年夜饭而忙碌。年少时的我们，最开心的事情莫过于过年，我们一起贴春联，一起清扫院子里的积雪，一起帮老妈张罗年夜饭，然后一起点燃鞭炮，迎接新年……回想上次与他一起吃年夜饭，已是几年前的事了。如今，弟弟的厨艺与日俱进，事业也有了新的起色，只希望他在深圳平平安安。

吃完年夜饭，我和妻子又陪老妈玩了两个小时的扑克。老妈的"斗地主"水平不高，我们便在出牌时有所"保留"，看到老妈赢了牌高兴的样子，我们的心里也是满满的幸福。回老家之前，我曾看了《人民日报》公众号上一篇关于《过年回家要尽"五孝"》的文章，没想到还真用上了。看来，多学习总是有好处的。

祭拜先人

按照老家的习俗，大年三十全家人吃团圆饭之前，要先祭拜先祖。但因我们回到老家的时间已经不早了，加上一路舟车劳顿，老妈建议我们吃完团圆饭后再去祭拜。

我与妻子带着鞭炮和纸钱，首先来到了爷爷的坟前。我们屈膝跪下，为爷爷烧化纸钱，并在爷爷坟前向他汇报一年来的工作和生活情况，祈求他保佑我们出门在外万事如意、平平安安。末了，我们磕头祭拜，并点燃鞭炮，祝爷爷新年快乐。

自1996年爷爷去世，至今已有十八年了。十八年前的那个夏天，我与弟弟刚小学毕业，听说镇上组织了初中入学培训，父亲有意让我们兄弟俩都去参加。但父亲手头的钱不多，且还要准备我们的学费。爷爷听说了这事，便说他出培训费，叫我们不要耽误了学习。这期间，爷爷已经卧病在床多日了。这年七月初八晚，嗓子已经哑了三天的爷爷突然提出希望我陪他一晚，以便晚上给他递递水。当夜，我睡在爷爷的身旁。谁知，这竟然成了我与爷爷一起度过的最后一晚。半夜时分，我醒来问爷爷渴不渴，需不需要大小便，他摇头表示不要，我便安然睡去。待我凌晨五点多再次醒来，去看爷爷的时候，发现他已经过世了。我想，爷爷一直是疼爱我的，即便是临别了，也舍不得我，还要我陪他一晚。十八年过去了，那一夜的场景始终是那么清晰。每年回老家过年，除夕这天最重要的事情就是要去爷爷的坟前，和他说说话，诉说对他的思念。爷爷一生提携了众多的党员干部，却没有我的父辈。我们做后辈的因此时常抱怨他，如果当初他多为自己的后辈想想，今天的我们也不至于需要那么努力地去打拼才有碗饭吃。但在我看来，他是真正的共产党员，他一生光明磊落、两袖清风，他知道凡事都必须靠自己的双手去努力争取。从这个意义上说，爷爷是我心中永远的骄傲。只是相比于爷爷一生的成就，我深感惭愧。但他在世之时，教给我许许多多的为人之道，譬如诚实守信、与人为善，再如孝敬长辈等，这都是我一生的财富，必将让我受益终身。

奶奶的墓地是我亲自勘选的。墓地三面环石，形似一把座椅，又像张开的双臂，奶奶被安葬在中间。奶奶一生养育我的四个父辈，十分不易，一生默默无闻，任劳任怨，是地地道道的好人。如果说墓地像一把座椅，那就是希望奶奶在那边可以好好歇息；如果说像张开的双臂，那就是希望奶奶在那边永远幸福，不会孤单。奶奶活到了八十四岁，于2006年6月去世，至今已有八年。奶奶去世时，我刚刚写完了毕业论文，正在为答辩做着准备。犹记得那晚，我睡至半夜，忽然惊醒，心里莫名难过，第二天一早，就接到奶奶去世的消息。与祭拜爷爷一样，我和妻子也为奶奶烧化了纸钱，燃放了鞭炮，并磕头祭拜，祝她新年快乐。

天色渐渐暗下来，我和妻子来到父亲的坟前进行祭拜。父亲被安葬在我老家屋后的半山腰上，那里山高林密，父亲的坟掩映在茂密的树林里。如今，老家屋后的山林越长越密，树枝也越长越粗，山上的落叶足有尺把厚。行走在树林间，我们更多了几分虔诚。我牵着妻子的手，来到父亲的坟前，为他点上他最爱抽的香烟，然后跪下为他烧化纸钱，并向他汇报我们在外的情况，请他保佑我们所有的亲人都健康平安。

与父亲最快乐的回忆莫过于童年的时候，老家下了大雪，那大雪铺天盖地而来，把偌大的山村变成了白茫茫的世界。那雪下得足有一两尺厚，父亲背着我去上学，由于小路已经被厚厚的积雪埋没，所以根本看不到路，父亲只能根据经验来判断路的位置。但也有判断失误的时候，于是，我们便滚到了雪地里。我们爬起来，拍掉身上的积雪，乐呵呵地继续赶路。有时候父亲得闲，便在老家旁的一条小路上带着我和弟弟滑雪。滑板是父亲亲手做的，他在前面拉，我们坐在滑板上笑，滑板嗖嗖地跑，一路洒下我们的欢笑。最近几年回老家，我们竟然都没有遇上下雪的天气，这多少有些遗憾。看不到雪的光景，倍加怀念父亲，怀念与他一起在雪地里玩闹的欢乐时光。

掐指算来，父亲离开我已经有十六年了。那是1998年的春天，我正在为中考做着最后的冲刺。犹记得我曾于半夜时分翻越学校的围墙跑回家里看望躺在病床上的父亲。那夜月光如水，漫山遍野都铺满了纯净的月色，我壮着胆子步行了六七里山路回到家，看到父亲枯槁的面容，心中满是酸楚和无助，我多么希望父亲能够早日好起来！看完父亲，我又连夜返回学校宿舍。山路弯弯，没怎么一个人走过夜路的我，着实走得冷汗直冒，其间在一处坟前还遇到了一条蛇，吓得我大声尖叫，跳起一尺多高。父亲没有等到我中考的捷报传来就走完了他的一生。我被乡亲们从学校叫回家的时候，看到父亲并未闭上双眼就离去了，一时心如刀绞。不过，我忍住了泪水，为父亲合上双眼。我在心里默默告诉自己："今后的路再难，我也要勇敢地走。"从那一刻起，我的心不再柔弱，我必须尽自己的全力，考上公费生，减轻家里的负担。父亲的一生，是短暂的，享年四十三岁。同时，也是辛苦的，他一出生便遇上了自然灾害，从小挨冻受饿，即使国家实行家庭联产承包责任制，但由于土地贫瘠、经济落后，加上他自己也没什么文化，日子过得也很苦。后来我老妈嫁给了他，家庭条件才慢慢改善。但他的身体却不争气，在我弟弟出生后不久，他得了一场大病，险些丧命，经过治疗，虽然保住了命，但病根始终没有除掉。直到1997年旧病复发，医治无效，于第二年春天去世。我读小学乃至上了初中后，他也想过法子来增加收入，但都是十分辛苦的活儿。所以，父亲的一生是艰辛的。作为儿子，没有机会尽孝，这是我人生无法弥补的遗憾。我只愿父亲的在天之灵能够安息，愿天堂没有病痛，也没艰辛，愿他能开心快乐。

探望母舅

古语云："母舅泰山王。"自古以来，在外甥眼里，舅舅的地位都举足轻重。我有三个舅舅，二舅和幺舅已辞世多年，唯有大舅健在。回想上次去大舅家的时候，大概还是我上高中后的某一年。这么算起来，也有十多年没去大舅家了。而上次见到大舅，则是2009年我结婚的时候，他到我们家参加我的婚礼。一转眼，也已过去五年了。大舅是我老妈最为敬重的人。老妈在广州给我带孩子时，时常念叨，总是提起我大舅的好。如今，大舅也已年过七旬，常言道"人生七十古来稀"，所以，我决定正月初一陪老妈去看看她的大哥、我的大舅。

正月初一的老家，淅淅沥沥地下着小雨。吃罢早餐，我和妻子便陪着二老径直朝大舅家进发。山路弯弯，道路湿滑，我和妻子都摔了一跤，算是给此行留下了深刻印象。虽然路途并不遥远，但由于山路难行，本来一小时的路程我们走了一个半小时。这样的山路，真是难为了妻子。她在平原长大，哪里走过这样难走的山路，且老天为了看到我们的诚意，居然用雨天来考验我们。

走进大舅家，火坑边已围坐了一圈人。表哥在家，两个表姐也带着她们各自的孩子回来看他们的外公外婆了。多年不到大舅家，这次来，最大的变化是大舅和大舅母明显变老了。大舅曾经壮硕的身躯如今明显瘦削了许多，由于长期患咽喉炎，他说话的声音也变得很低。而大舅母的身体一直不好，多走几步路就会头晕。变化的是容颜，不变的是大舅的热情好客，还有那震耳欲聋的鞭炮声以及熟悉的房舍院落。厨房里忙着烧火做饭的是一早回娘家的二表姐，还有表哥在打下手。看着两位老人年岁渐高，身体也不好，我这个做外甥的心中满是疼惜，握着大舅瘦骨嶙峋又粗糙的手，心中有千言万语，却一时无从说起。我塞给大舅五百块钱，他却不收，最后我塞进了他的衣兜里，他才收下。谁知，临别时大舅又拿出一沓钞票，说是给我妻子的"打发"，说这是外甥媳妇第一次到他家，要我们一定收下。但我们深知在农村挣钱的不易，且老人家有这份心意足矣，所以，我们坚持不要。

天有不测风云，人有旦夕祸福，最让我想不到的是，就在我们离开大舅家的第三天，大舅从自家院子前面的坎沿上摔了下去，摔成重伤，并几度昏迷，生命垂危。昨天打电话，听说在医院已经住了八天，八天来几乎无法进食，只能输液，偶尔喝点牛奶维持生命体征。我身在广州，不能亲去探视，唯有辛苦老妈去探望，然后从老妈那里获悉大舅的最新状况。愿上天保佑好人，愿我大舅能平安度过危险期。

惬意时光

从大舅家回村后,我携妻子顺路去了我儿时的伙伴、小学到高中的同窗、我的本家谭志红家。按辈分,我比志红高一辈,他要叫我一声叔。而他的爸妈,我则要称呼他们大哥和嫂子。我们两家虽然相距只有一公里左右,但因为很少能够在老家遇上,以至于自高中毕业后,我和志红已十三年未见。这次相见,我们都已为人父母,他的儿子已一岁半。让我们倍觉有趣的是,他的妻子竟然与我的妻子是同乡,都是京山县人。这样说来,不但我和志红是同乡,我们的妻子也是同乡。我们不禁感叹:世界真小,我们太有缘了!正所谓有缘千里来相会。志红的父母都已年近七十,但身体尚硬朗。志红还有两个哥哥,他们三兄弟这次都回了老家。我们到志红家不久,他的堂兄们也领着各自的家人到他们家来了。一时间,鞭炮齐鸣,地动山摇,院子里热火朝天。本来只想一起坐坐,聊聊天便走的,却因志红的父亲——我的老大哥一声令下"不吃饭,不准走",我们便悉听尊便。从志红家回到我家,天色已晚,又和老爸老妈聊了会儿天,我们便休息了。

正月初二,依然是雨天,山间腾起薄薄的轻雾。听说大姑要回来,我喜出望外,打电话得知她下午到她的亲家的家里,我便眼巴巴地等着。大姑的亲家公,就住在我老家对门的山腰,我称呼他为伯伯。大姑的儿媳妇,是我父亲做的媒。这次,大姑的儿媳妇回娘家,她便跟着回来了。傍晚时分,听说大姑她们已经到了伯伯家,我与妻子便一起去伯伯家接大姑。在我的父辈中,大姑是唯一的女性。见到大姑,我倍觉开心,不禁感叹这次回家过年非常有意义。之所以这么说,一方面是因为我从小跟着奶奶常去大姑家玩,大姑和姑父都特别疼我，彼此之间结下了深厚的感情；另一方面，在父辈中，我父亲和二伯已经去世多年，大姑和大伯都已是六十多岁的人了，他们是我们晚辈心中"国宝级"的人物。加之与大姑也有三年未见，因此十分想念。这次回老家时间紧张，好在最记挂的亲人都见上了，心中便觉得很完美。当晚，我和妻子把大姑接到了我们家，我们边烤火边说话，你一言我一语，不知不觉已是深夜，但我们都舍不得睡去，希望多说会儿话。因为第二天一早，我们就要离开巴东，回到荆门，那里还有我的岳父岳母以及儿子在等我们。

在老家的三天三夜，是温馨的，也是幸福的，浓浓的亲情，让我的这次老家之行更显圆满。在老家的时光是短暂的，除去腊月三十的半天赶路时间不计，真正在老家的时间只有两天整，而要做的事情又很多……

（本文写于2016年1月12日晚）

春节回乡略记

每逢佳节倍思亲。虽然离开故乡已经十多年了,但每逢春节,最想要去的地方还是故乡。刚刚过去的这个春节,我又回了一趟故乡。其间,许多的体会,许多的经历,都弥足珍贵,我且择其要者而记之,或为不能忘却的纪念,或为留住美好的时刻。

过了一个团圆年

咱们中国人,最爱团圆。尤其是春节,更是要团圆。无论贫穷还是富裕,大家都从四面八方回来,吃团圆饭,喝团圆酒,热热闹闹过大年,一起告别旧的一年,一起迎接新的一年,祈愿新的一年风调雨顺、五谷丰登。

这个春节,于我而言,更是有着特别的意义。我和老弟已经有许多年没有一起在老家过年了。这一次,我们不仅都回了老家,而且还把各自的岳父岳母也接了过来。如此一大家子在一起过年,这还是第一次。

我们都回去,最开心的莫过于老爸老妈了,当然,最辛苦的也莫过于他们了。早在一个月前，他们就开始做各种准备，天天掰手指，盼着我们早日回去。孩子的外公外婆都是平原地区的人，他们对山区有着特别的向往。能去我的老家过年，他们也格外高兴。

这也是我儿子和弟弟的儿子第一次在我们的老家过年。为了让他们充分感受过年的气氛，我专门买了许多烟花和鞭炮。两个小兄弟形影不离，有了玩伴儿后，也不缠着我们大人。老家的院子够大，够他们疯，够他们跑。每当夜幕降临，弟弟就点燃烟花，孩子们尽情地玩耍，你追我赶，好不热闹，老人们看了，心里乐呵呵的。

为了减轻父母的负担，我们做儿女的，能帮忙的就尽量帮忙，帮着洗菜、切菜、烧火、炒菜、洗碗……弟弟从小动手能力就特别强，一回到老家，就没闲着，给老妈重新更换了自来水管，又把老化的电线和灯泡全部换新。

热闹的时间总是短暂的。初三吃罢早饭，我们便又起程了。我们还得回到荆门，那里有另一拨亲人等着我们。汽车的引擎声响起，告别的时候到了。看着年迈的父母站在院子前望着我们远去，他们的白发似乎在风中飞舞，我的心中便涌起酸楚。我多么希望他们能跟着我们一起走，但那是他们生活了一辈子的地方，他们不愿意也不舍得离开。

俗语有云："父母在，人生尚有来路。父母去，人生只剩归途。"作为儿女，只愿父母健康长寿，这样，我们便可以常回家看看。

见了一群好朋友

每次回老家，无论多忙，我都尽量抽出时间见一见故乡的兄弟姐妹。

腊月二十九，当我还在回乡的高速上时，大学时的同窗好友富哥便偕夫人及两个孩子在我回乡的必经之路等我了。学生时代，我们便是肝胆相照、患难与共、形影不离的好兄弟。算起来，我与富哥相识相知已有十七个年头。时间是最好的试金石。十七年了，我们依然情同手足，虽然平时工作繁忙，联系得不多，但彼此之间依然保持着当年的那份纯真和默契。这次见面十分特别，是这十年来我和富哥在我老家的第二次相聚。上一次相聚，还是我结婚那年。十年前的那个春节，富哥为我主持婚礼，我们喝得酩酊大醉。十年后的这个春节，富哥带着夫人和孩子再一次"光临"我的老家，激动之情溢于言表。看着富哥事业有成、家庭幸福，作为好兄弟，我真心为他高兴。

　　大年初一，我去见了高中同学。一起去的除了我们一家，还有另外两家，我们都是高中同学。虽然毕业十八个年头了，但由于平时交流得多，所以大家见面倍感亲切。菊芳同学是主人，亲自下厨烧菜。菊芳的先生海波温柔帅气、热情好客。邓艳同学依然那么漂亮，其先生松哥更是一个豪爽幽默的人。齐齐同学及其先生都在深圳工作，我们在珠三角经常见面，但在老家还是第一次相聚。好一顿丰盛的午餐，每道菜都饱含着菊芳同学满满的情意。我们风卷残云，大快朵颐。大家对菊芳的手艺赞不绝口。这么多天过去了，但只要稍稍闭一下眼睛，那满桌子热气腾腾又色香味俱全的菜肴便浮现在眼前。在老家58度苞谷酒的催化下，我们聊得热火朝天。饭后，菊芳还端上自家做的苞谷粑粑让我们品尝。金黄色的苞谷粑粑，有着儿时的味道，香气扑鼻，吃在嘴里，美在心里。就在我离开老家要上高速的时候，菊芳又匆匆忙忙地给我送来一袋苞谷粑粑。那一刻，我真的觉得她是那么美，美得无法形容，土家幺妹儿的纯朴善良、温柔贤惠在她身上体现得淋漓尽致。

大年初二，又是一个难忘的日子。我的大学同班同学娇哥一家子也造访了我的老家。这是娇哥一家第一次到我的老家来。如今，娇哥和她的先生都已是博士，在大学任教。老家突然一下子来了两位博士，我感觉我的老家兴奋得要跳起来，感觉"蓬荜生辉"这个词就是为他们到我老家而造的。大学时，娇哥、富哥以及友哥（也就是我）并称"三哥"，我们互帮互助、互相鼓励、共同进步。这么多年过去了，我们依然互相以"哥"相称。"不忘初心，方得始终。"我想，这或许就是我们的友谊能够长存的原因。我知道，娇哥能与我们保持这份友谊，与她的先生——军哥的支持是密不可分的。吃着几盘土菜，我与军哥举杯畅饮。不知不觉间，酒已上头。许多年没醉过了，这个春节，我再一次醉得一塌糊涂。军哥博学多才，为人豪爽，也是性情中人。军哥在后来发给我的微信上说："多年不见，有缘相聚。君子之交，亘古长青。""大家和和气气，团团圆圆，和和美美，健康安宁，乃人生之大境。"对此，我深以为然。

这个春节，因为见了一群好朋友，而显得愈加完美。如果说遗憾之处，就是没有见到贵群兄，但我们在电话里长谈了一番，也略减遗憾。期待着时机成熟，我们再相会。人生路漫漫，说长也长，说短也短，有些人走着走着就散了，有些人却一直与你相伴，这是缘分，也是财富，值得倍加珍惜。

开了一次长途车

这是我第三次从广州开车回老家，也是第二次春节期间开车回老家，还是第一次在春节期间独自开车回老家。

第一次自驾回老家是在2016年8月。那一次，在离目的地只有五公里的广州绕城高速的木强隧道遭遇连环车祸，共八台车连环相撞，我的车是第五台。所幸的是，孩子不在车上，传祺车也足够安全可靠，我和妻子在鬼门关走了一遭，有惊无险。事后，我对妻子说："我们也算是一起经历了生死考验的人了。"所以，自那以后，我更加懂得珍惜。

第二次开车回老家是在2018年的春节。这一次，表弟是主驾驶，我是替补。那次回湖北，全程都是表弟在开车。返程的时候，表弟开了百分之九十。后半夜，我开了两个小时，但迷迷糊糊中居然把车给剐出了一条长长的印痕。由于我吃了些零食胃不舒服而低血糖，以致行程的后半段相当难受。这一次回乡给我最大的感受就是传祺值得信赖。在此之前，我虽然开传祺上下班，但我不知其性能到底如何。表弟是大货车司机，驾驶技术一流。看着他驾驶着传祺在川流不息的车流中游刃有余，如入无人之境，我才发现传祺的性能原来如此可靠。

第三次开车回老家就是这个春节了。这次长途驾驶有几个特点：一是百分之九十九的时间都是我在驾驶，妻子往返各开了半小时；二是返回广州的时间恰逢返程高峰；三是遭遇路面结冰封路以及大堵车；四是从出发到抵达用时两天两夜，其中在长沙休息一晚，路上驾驶时间长达三十七个小时。在这些因素的作用之下，路途就变得格外艰辛而漫长，故事也就变得曲折而复杂了。回程因为比较顺利就不做赘述，这里重点说一说返程。

大年初五早上八点半，我们从荆门出发。当车到达沪渝高速收费站时，却发现高速公路因为结冰而封闭。出发时，导航显示尚未封路，但到达收费站时，外面已排起长龙。无奈之下，只得等待。半个小时转瞬即逝，收费站没有丝毫开闸的意思，一些车辆纷纷掉头。我看看时间，又看看导航，周边几个高速入口全部封闭。我想，既然高速解除封闭的时间不明确，与其傻等，不如走国道，或许可以"杀出一条生路"。

当行至潜江时，发现许广高速的入口已经解除封闭。于是，兴高采烈地向着许广高速驶去。可让我们无论如何也想不到的是，在高速上刚行驶了二十多公里，就又遭遇了堵车。前方缓慢移动，高速上的车越来越多。大约十分钟后，来到了岔路口。至此方才明白，原来所有车辆都从右道下了高速，左侧的许广高速因道路结冰已封闭。我们跟着车流，蜗牛一样地下了收费站。狭窄的高速出口，早已被堵得水泄不通。偏偏这个地方的信号也不好，大家都如无头苍蝇，不知该去往何方，我也倍感迷茫、彷徨。当我们终于来到主干道上时，眼前的一幕又让我惊呆了：主干道左右两侧停满了车辆。大家都停在路边找信号呢！

正所谓"众里寻他千百度"，终于找到了信号，导航重新发挥作用。但一看时间，已经是大中午了。如果再去找高速，万一上不去或者上去了又被赶下来怎么办，那岂不是"瞎子点灯白费蜡"吗？我心里这么盘算着，与其这样去碰运气，不如放弃高速，一心一意走国道，争取早日走出湖北。那么，我该去到何处再上高速呢？思来想去，决定直接导航到荆岳大桥。荆岳大桥横跨长江，连接着湖北和湖南。上了桥，便是出了湖北。

接下来，真可谓"逢山开路，遇水搭桥"，从省道到县道，从县道到乡道，从乡道进村道，最让我无法忘记的是在村道中行驶，真的会有意想不到的情况发生。其中一段走着走着，前方因施工道路封闭，不得已掉头回来另选他路；另一段沿着一条河行驶，结果走了四五公里，前方居然是条断头路，而且路深处是一片坟地，阴森森的，令人有些毛骨悚然。下午六点半，终于上了荆岳大桥。经过两个小时的跋涉，于晚上八点半顺利抵达长沙。这一夜，住宿长沙，一宿无话。

第二日，也就是大年初六清晨六点半，我们又重新向着广州出发。慢慢地，路上的车越来越多，速度也越来越慢，偌大的高速路以时速四十公里行驶着。不时可以看到剐蹭事故或追尾事故。天将暗下来的时候，我们终于出了湖南进入广东境内。就在即将进入广东境内收费站时，由于前方道路变窄，车辆拥挤不堪。就在这里，我亲眼看见一台车由于挂错挡位，误将D挡挂成了R挡，硬生生地顶了后车的"前脸"，发出"砰"的一声巨响。虽然后车拼命按喇叭，却也于事无补。那时候，心中便不由得对后车生出同情。由此可见，保持好安全车距多么重要。

在清连高速上跑了大约一个小时，天已经完全黑了下来。清连高速两车道又以下坡路为主，于是跑得格外小心。夜渐渐深了，车速也渐渐降了下来。进入清远市阳山县境内，便开始了无穷无尽的堵车。起初还能走三步停两步，但到了后半夜，要么可以走上一会儿，要么就堵着纹丝不动，至少遇到了三次一小时以上的堵车。由于彻底堵死，大家便纷纷熄火睡觉。一切如在梦中，忽然听到前方传来喇叭声。睁开眼一看，原来是前方又通了，大家催促着还在原地停止不动的车辆重新启动。

后半夜开车，精疲力竭，或堵车，或跑起来，都不敢有一丝一毫的懈怠，强迫自己打起十二分的精神，睁大眼睛，保持好安全车距。经过长途跋涉，大家对变道已经变得十分宽容。在此之前，你如果想变道，有些车就是不给你让道。堵车，已经把大家堵得没有了脾气。清晨六点，距离广州还有一百三十公里。但前方依然堵得"杳无音信"。经过一天一夜的驾驶，我感觉自己的耐力已经到了极限。就在我心烦意乱之时，终于来到了一个通往114国道的出口。我赶紧看导航，从这个出口下去沿着114国道可以直达清远大桥，而后重上许广高速，全程畅通。我毫不犹豫地向右打方向，下了高速。国道上虽然车流不断，却一路畅通。过清远大桥后重上许广高速，一下子变成了六车道，而后转入华南快速。八点多，终于出了高速，进入了黄埔区。

车辆虽然下了高速，但长时间在高速上行驶，人的状态还在高速上。这不，进入开创大道后，眼看着前方还是绿灯，便准备驶过去，却不想前车突然停车了，吓得我紧急制动。原以为会追尾，可能是神仙保佑，我居然在离前车只有尺长的地方停了下来。我拉上手刹，双手合十，谢天谢地。真的是有惊无险！事后回想，在距家不足三公里的地方，如果发生追尾事故，真是一件糟心的事情。所幸的是，我刹住了。怀着感恩的心情，我们终于在初七上午八点半安全到家。

虽然，这个春节返程的路途甚是艰辛，一路上更是经历了各种考验，但最后还是画上了一个圆满的句号。

结束语

一位多年开车回乡的同学说："春运是每年一次的心灵洗涤，春运是每年一次的身体考验，春运更是每年一次的人性探索。"这个春节的体验，使我真切地明白此言不虚。回到老家，祭拜祖先，看望父母，拜会朋友，何尝不是一次对心灵的洗涤？长途驾驶，挑战极限，忍受煎熬，何尝不是一次对身体的考验？路途漫漫，堵堵停停，从刚开始的争分夺秒、缺乏谦让，到最后被堵得没了脾气、懂得宽容，何尝不是一次对人性的探索？

有幸生活在这个时代，并亲身经历祖国浩浩荡荡的春运大潮，我虽是汪洋大海中的一滴水，但我的骨子里却充满着自豪和骄傲。祝福我们的祖国，祝福我们的故乡，祝福我们的亲人和朋友，祝福每一个熟悉或陌生的人。

（本文写于2019年2月16日）

清明回乡二三事

今晚又翻开清明时回故乡拍的那些照片,看着看着,心中那片柔软的土地上就冒出了一株又一株思乡的嫩芽儿来。闭上双目,这一地的嫩芽儿便在晨风中肆意生长起来,那摇曳的身姿熠熠生辉,而爹娘仿佛正在田间劳作,他们的脸上洋溢着对丰收的憧憬……这到底是把我的思绪拉回了清明时节。

辛丑年的春节,我没有回家,而是留在广州过年。

春节很快过去,清明假期如期而至。我顾不上看机票有没有优惠,一心只想以最快的速度回到老家的怀抱。尤其是春节的团聚未能成行,又加上很久一段时间没见爹娘了,二老的头上是否又新增了白发?脸上的皱纹是否又加深了?身体可还硬朗?……我无法停止自己的思绪。

中午时分,回到老家的院子。小院里已是满园春色,刚下过小雨的地面湿漉漉的,院前的山胡椒树挂满了浅绿色的小叶,那棵弯弯的榆钱树开出了小花,煞是好看。屋顶上,炊烟袅袅,我知道这是母亲在为我准备午饭了。

我朝屋里喊了一声:"妈,我回来了!"没人答应。以往,母亲一听见汽车的声音就会出来迎接我的，但这次我都把车开进院子了，她居然还没发现。我走到厨房门口，看见母亲正在灶边忙碌，就又喊了一遍，这时候她才转过身来，说："明友，你回来了啊！"我说："嗯，我回来了。我刚刚喊您，您没听见？"她说："耳朵不是很好使了，没听见。"她说完，连忙放下手里的活儿，拿了毛巾过来给我擦椅子。我说："我又不是客，不需要擦。"她说："你不是客，但你难得回来一次呢。"我说不过她，便由着她擦了。我问道："爸呢？"她说："他砍柴去了，估计快回来了。"

母亲继续炒菜。我说："简单点吧，吃不了多少。"她给灶膛里添了些柴火，说道："你难得回来一次，每样都吃点呢！"她做了一桌菜，火锅里煮的是翻滚着的腊肉，又炒了猪脸肉。这时候，我看见爸扛着根一丈有余的柴去了柴房那边。他的背不像以前那么挺直，明显有些佝偻了。可每每叫他们少干些活儿，却总是收效甚微，他们的理由听起来还很充分。说得多了又没效果，我也就不再说了。我劝慰自己，孝顺除了孝还要顺。他们老了，生活的习惯已无法改变，既然改变不了，就顺他们的意吧！

第二天是个好天气，用过早饭，我载着二老去看望大姨。大姨家距离我老家有十四公里，因为是山路，车程约四十分钟。除了大姨，我母亲还有两个哥哥。幺舅去世很多年了，大舅活了七十多岁，前两年过世了。去年，母亲最喜爱的人——我的大舅母也离世了，这令她无比伤心。如今，她和我大姨都甚是珍惜彼此。我还在广州的时候，母亲就给我说，你回来了带我去看看你大姨。

大姨的命甚苦。她和大姨父通过努力，盖起了三层楼房，好不容易过上了好日子，可没多久，大姨父就因病去世了。好像是前年，我的表哥也因病去世，表嫂改嫁，留下两个孩子。如今，大姨已七十多岁，却还要带着两个孙子生活，大孙子五岁，小孙子两岁。听大姨讲，政府对他们甚是照顾，她和两个孙子都享受低保，还有好心人会来献爱心。最令我感动的还是表弟，听说他会肩负起抚养两个侄子的重任。

在大姨和两个侄子的陪同下，我去为姨父和表哥扫墓，为他们烧化纸钱，祈求他们护佑大姨和两个侄子健康平安。我给大侄子买了一把玩具枪，给小侄子买了一辆玩具车，没想到，小侄子对玩具车不感兴趣，和哥哥争着玩"枪"，这让我后悔为何不买两把枪呢？哥哥还算懂事，知道让着弟弟，我为此感到欣慰。或许是还小的缘故，他们天真无邪的眼睛里看不出忧伤。只是想到他们这么小就没了父母的疼爱，我的心里颇不是滋味。

扫完墓，我本想带着二老和两个侄子一起去距离他们家不远的花天河景区看看，可这两个小子寸步不离他们的奶奶。看得出奶奶在他们心中十分重要，而我毕竟还只是一个与他们第一次相见的叔叔。我只好作罢，驱车载着二老沿着弯弯曲曲的水泥路来到花天河景区。

花天河发源于石门河，下接野三口，汇入清江。景区还在建设中，尚未正式对外开放。我们沿着半山腰的一条公路往前走，然后逐级而下，便看见山下花天河如一条碧绿的玉带在阳光下闪耀。我用无人机给我和二老拍下合影。行走在新修的小道上，清新的空气扑面而来，如画的景色映入眼帘，涤荡心灵，醉人心魄。看着二老，我在心里默默祈祷，愿老人们都健康长寿，希望我能有更多时间，陪他们走走看看。

从景区回到大姨家，午饭还没做好。她做饭的速度明显比我母亲要慢很多。母亲连忙给她帮忙。大姨知道我喜欢吃香椿，就叫我自己去她房前的香椿树上折。吃饭的时候，大姨不停地用勺子给我碗里盛肉。之前听说我要来看她，她很担心，还给我母亲打电话，叫我不要来，她家里困难，来了会"造业"（遭罪）。我给大姨回电话说："您不要担心，有什么就吃什么，我和您亲生的又有什么差别呢？"听了我的话，大姨这才答应让我来看她。看我吃得很香，大姨很满意。事实上，大姨虽然已是七十多岁的人了，但做的饭仍是那么香。以至于见我吃得很多，母亲都有点醋意，说她做的饭我都没吃过那么多。

临别时，大姨取了两块肉给我，要我带回广州。她只杀了一头猪，却给我拿了一块"坐墩肉"和一个猪蹄，看得出她有多舍得。我不拿，她会说我见外，如果都拿上，我心里也过意不去，所以，我接了猪蹄。

在大姨家，我第一次听说我幺舅舅的小女儿——我的表姐就嫁到了大姨家附近。表姐多半时间都在野三关镇工作。这天说来也巧，母亲去花天河景区玩的时候，拍了一段花天河的视频发在了她的微信朋友圈。表姐看到我母亲的朋友圈动态，就打来电话询问。得知我们到了大姨这里，便邀请我们去她家玩会儿。

第一次去表姐家，总该带点什么东西吧。可我之前买的东西都给了大姨，附近又没有商店，实在是急煞人。大姨说："你把你给我带的东西拿些去吧。"我说："那怎么可以？您是长辈。去表姐这里是临时决定的，没有准备也正常。能去看看表姐的家门朝向何方，也是挺好的，以后多的是机会，相信表姐也不会介意的。"就这样，我和二老去了表姐家。

表姐的家在一处山坳里，房子修得高高大大，院子下方是一条小溪。我把车开进了她家的院坝里。站在院子里向前面看去，不远处是一片鱼塘，两只鹅在鱼塘里游来游去。房屋左边的山梁上，是一大片桂花树。表姐说，桂花树太密了，都没长开。

我空着手来看表姐，向表姐表示歉意。她说："你能来比什么都好，还要带什么东西？"我们在烤火的屋子坐下。表姐端来一大盘水果和瓜子给我们。表姐的婆婆也来和我们说话。婆婆已经八十多岁了，却精神矍铄。表姐要为我们做饭，我说刚刚在大姨家吃过，我们坐一起聊会儿天就要回了，天黑以后，这里的山路走起来还是有些费劲。也有好些年没见到表姐了，表姐还是那么漂亮，笑起来也是甜甜的。我们相约暑假再相见。临别时，我们一起拍了张合照。表姐的笑，仿佛是小山村里最美的风景，让这个山坳变得越发美好起来。

（本文写于2021年5月9日）

景

心中那月

  晚风轻拂，花香四溢，宁静的工业园上空挂着一钩弯弯的月。月光洒满了工业园的每个角落，也洒进了我的心。心中的月华如水，如诗，如梦，给了我许多启迪。

  那月是故乡，月是故乡明。故乡是一个人永远的牵挂。如果我是一棵树或是一朵花，那么故乡就是我的根。我可以走出故乡，但我永远也忘不掉故乡，永远也无法忘却故乡月华的神韵。

  那月是心爱的她，陪我走天涯。她从不嫌我穷，从不认为我没用。她总是无怨无悔地跟着我。她用她的明眸鼓励我前进，她用她的心扉温暖我的难眠。她把希望和梦想一起放进我的胸膛，用智慧指点时常迷途的小船。因为她和我一起，所以天涯海角都是家。因为我们的心总是在一起，所以我们时常看到美丽的朝霞。

  那月是我的朋友，与我肝胆相照。虽然我们在不同的领域忙碌，但我们心意相通。无怪乎王勃直言："海内存知己，天涯若比邻。"因有朋友，我比李白更幸运，因为他要"举杯邀明月，对影成三人""永结无情游，相期邈云汉"。无论秋风夏雨,还是春暖冬寒,朋友都和我一起面对寒潮、迎接霜雪,一起把长夜缩短,眺望黎明……于是,在一个云淡风轻的夜晚,我们看到了倾泻一地的月华,看到了友谊之光的皎洁。

那月是灵感,总是在不经意间悄然来到我身旁。她轻盈地落在我的肩上,或是悄悄歇在了笔端;她有时飞扬着来了,有时又低头徘徊;她时而眨眨眼,时而动动眉,然后又不见了。是被云儿遮住了,还是睡着了?真是来也匆匆,去也匆匆,只留下一片蓝色的羽毛,在我的心中摇曳。而我,在得到羽毛的片刻已享受了无限的美好。

那月是理想,照亮我前行的方向。从我出生的那天起,她便照进了我幼小的心灵。随着我慢慢长大,她越发明亮了,曾经朦胧的夜色也变得清晰。我走出大学的校门,远离故土,远离亲人,就像小鸟寻找新家,我开始寻找自己的天地。多少个夜晚,我忍受着刺骨的寒风,经历着风雨,是她在一个个寂寥的夜晚给了我勇气和光明。于是,我不再害怕,不再孤单。心怀理想,夜晚也明亮,长路不漫长。

那月是我最向往的地方,吸引我加快奋斗的步伐。有月华而无纷乱的地方就是好地方。那里有写不尽的诗篇,有说不完的心里话,有一个可以与相爱的人共同分享的空间,那里是一个自由的国度。

月华无边,而心亦无边,就让月儿的光辉照亮生命中的每个页码,让人生之书浸满光明、宁静和美好。

(本文写于2007年5月18日)

入春以来的第一场大雨

今早上班,走在路上,发现四处都比往日干净了许多,看来,周六的大雨功不可没。回想起那天的大雨,我不禁心有余悸,这场雨的雨量之大、积水之多都是我来广州后未曾见过的。

那天,我在公司值完班准备回去,刚走到大门口就被大水堵住了去路。在集团的大院内,已经积了十几厘米深的水。雨水顺着公路不停地向院里灌,将出门的路给淹没了。许多同事看着眼前的积水不知如何是好。我也左转转右转转,一筹莫展。这时,一位男同事跳了过去,见状,我也跟着过去了。可行至"水潭"中间,尽管我踮着脚,但鞋子的大部分已经在水里面了。不过,鞋子还没有全湿。我一个箭步冲了过去,好不容易出了大门。

外面,公路上的水已经漫到了人行道上。我便沿着人行道边缘小心翼翼地往前走。雨没有任何要变小的迹象,似乎下得更大了。当走了大约百米远的时候,我被水包围了,看来,不蹚水是不行了。"啪"的一声,我踩进了水里。就这样,我在积满水的路上与很多人一起向前走。有的地方的水有三十多厘米深,我的鞋子已经不知被泡成什么样子了,身上的衣服早已被淋湿，裤子也已经湿了大半截。顾不上了，豁出去了！第一次在这么深的水里行走，那体验还真不是"惊险"所能形容的，积了水的地方，根本不知下面的路况如何，这就要靠经验了。观察清楚了，就可以避免踩到更深的"水潭"。要是一个没注意，一不小心踩进了深"水潭"，那才是真正的"惊险"。幸好，只是有惊无险。

终于蹚过了水，走到了一处高地，心中不免生出胜利的喜悦。脑子一转，拿出相机就拍了几张。相机记录下了这难得的场景：三十多厘米深的水路上，人们艰难地前行，汽车驶过溅起巨大的水花……

这是2009年的第一场大雨，这场大雨让我对生活又有了新的感悟。它让我明白，观察和经验对生活来说是多么重要。而一场大雨，虽然会给出行带来不便，但大雨过后的清新和干净却是值得赞扬的。如果长时间没有下大雨，地面势必就会变脏，灰尘也会变多，一场大雨无异于给大地洗了一次澡。那积在路面的水没有一处是清澈见底的，都是浑浊的。经过这么一场大雨，地面变得干净了，空气还散发出清香。我们的生活不也是这样吗？偶尔也需要来一场"大雨"，将生活的每个角落冲洗一下，冲走污秽和尘埃，还生活以干净和清爽。

（本文写于2009年3月30日）

登白石山记

2010年2月6日，据说是个黄道吉日。这不，咱们登山俱乐部不是又出发了吗？当然，与我们登山俱乐部一道出发的还有摄影俱乐部和即将过生日的同事们。队伍可谓庞大，足足八十九个人，来自公司各个部门，我们有着共同的爱好——爬山。鲜艳的花儿尽情绽放，热烈迎接我们的到来。

这次之所以参加人数较多，有一个重要原因，就是工会选了一个好地方——白石山。这里不仅是天然的氧吧，还有温泉。白石山，地处从化，位于广东温泉宾馆度假村内。至于为什么叫白石山，我不清楚，有人说是因为山顶有白石头，但我爬到了山顶却没看到白石头，不知有没有同事看到。好在我们不是为了看白石头，更多的是来放松，是来呼吸清新的空气，是来听松涛阵阵、溪水潺潺，是来泡温泉、享美餐的。

上午九点半，我们的队伍从集团大院出发。我和王峰作为工作人员各负责一辆车。其实，也就是点点名，说说注意事项，到了景区，负责与各方协调，为同事们营造一个轻松愉快的环境。

因为堵车，到达景区已经十一点多了。但一进景区的门，我们就知道这次来对了。空气清新就不说了，花儿别样红，树儿分外绿，那翠竹更是青翠欲滴，走在山道上，微风袭来，花香四溢，树上的露水不时滴落下来。虽然阳光被苍松绿树所遮挡，但我们的心情却是格外畅快。有相机的同事，一步三回头，舍不得加快脚步，担心一不留神错过了某一处迷人的风景。没有相机的同事，就一直想着登顶，义无反顾地前进，大有"不到山顶非好汉"的气势。美女同事当然是不会错过这个留影的好机会了，宁可不去山顶，也不能放过任何一个拍照的机会。

说实在的，白石山没有我们想象的那么高，至少没有我想象的那么高，当然了，也许是经常运动的人对高度不敏感，因为有一些同事还是没登上山顶。从山上下来，美味午餐已经在等候我们了。我们迫不及待，拿起筷子就吃了起来。爬山，对于平时运动量很小的同事来说，体力消耗很大，所以，要及时补充营养，下午泡温泉才更有精力。可不要小看泡温泉，这可不轻松，消耗的体力亦不小。要是泡在里面时间长了，整个人就有可能虚脱。吃完饭，大伙集体合了个影，然后就向翠溪温泉游泳馆冲去。本来想给咱们泡温泉的同事拍几张照片的，无奈那里的服务人员说，不可以在里面拍照。所以，照片就没有了。那就让咱们把快乐留在心里，慢慢回忆吧！

古人云："山不在高，有仙则名。水不在深，有龙则灵。"这次我们八十九名运通人登上了白石山，想必这白石山便是一座名山了，而翠溪温泉也有了灵气，因为咱们都是云游四海的"仙人"（"仙"这个字拆开就是人在山上），也是遨游世界的"蛟龙"（我们在水里就是龙）。感谢工会，让我们"得道成仙"；感谢同事们，大家一起分享快乐。

（本文写于2010年2月9日）

初夏听雨

她，跑着，笑着，似乎还甩着小辫子，欢快地来了，来到了我的眼前。她像邻家的小妹，淘气又可爱，你无须多想，只须那么呆呆地看着，就足够……好久没有这份心情和闲暇来欣赏雨景了。这个周末的雨，实在让我有些措手不及，但这却恰恰符合了我的心意。我喜欢这么突如其来的一场雨，就好比收到了意料之外的礼物，心中会有一种惊喜的感觉。看着窗外缥缥缈缈的雨雾，想着那层层雨雾之外的故乡和亲人，聆听着小雨的节奏，我在这难得的宁静之中不能自拔。我知道，我是融入这周末的雨中了。

今天是母亲节，或许这雨就是为天下母亲而下的。常言道，滴水之恩当涌泉相报。母亲对我们有生育、养育之恩，又岂是"滴水"可以形容的？倒应与此时的瓢泼大雨相似。如果说滴水之恩当涌泉相报，那么，母亲对我们的养育之恩就应该是滚滚长江水了，如果要完全报答，那几乎是不可能的了。作为儿女的我们，又该如何报答这份无法衡量的恩情呢？看着窗外时大时小的雨，我陷入了沉思。

对我来说，我是富有的，也是无比幸福的，因为我有两位深深爱着我的母亲，一位是我的母亲，一位是我的岳母。或许，我是上辈子积了很多德吧，才使我今生能拥有两位深爱着我的母亲。且不说生我养我的母亲如何疼爱我，如何教育我，因为这种具有血缘关系的母子深情是无须多言的。我且说说有关岳母的一些事。在当今社会，人和人之间更多的是金钱和利益的联系，世态之炎凉，人情之淡薄，时常让人颇感伤心失落。很多父母在选择女婿或儿媳时，将对方的财力放在了第一位。一定程度来讲，这本无可厚非，因为没钱是万万不能的，谁的父母都希望自己的子女过得更好，有房子，有车子，有票子。但这也产生了另外一个问题，如果过于看重物质和金钱，男女双方结婚后的感情出现问题的概率就会大增，因为两个人之间并不是因为纯真的爱而走到一起的，而是因为物质和金钱牵线搭桥才走到一起的。在这方面，我岳母比那些以物质和金钱作为赌注的人要高明得多，也更显高雅。她不仅视我为亲生儿子，对我的要求也仅有一个，那就是要一辈子对她的女儿好。

一转眼，我已结婚一年多了，而我和老婆从相识到现在，已有七个年头。七年，我们用心托起爱，用爱拥抱岁月，用勤奋创造未来。事实证明，我们是幸福的一对，我们心心相印，甘苦与共，遇到高兴的事一起分享喜悦，遇到难过的事一起分担痛苦，我们无话不谈，我们是夫妻，也是知己。七年的时光匆匆而过，我们感到最多的就是快乐，尤其是在一起的快乐。人生何其短暂，唯有在一起可以让我们笑口常开，感到幸福。金钱何其之多，谁能挣完这个世界所有的钱？如果不让快乐占据时光，痛苦将如影随形，阴暗的人生又有何意义？夫妻恩爱，白头偕老，不应该是传说，更不应该成为故事里的一种美好愿望，而应反映在现实生活中。可这个社会，有多少人同床异梦，甚或夫妻反目呢？这又何苦呢？佛说，前世五百次的回眸才换来今生的擦肩而过。如果这是真的，那么，又要多少次的回眸才能换来今生的同床共枕呢？

在这个母亲节，我格外思念生我养我的母亲，思念养育了一个好女儿的岳母，祝愿她们都身体健康、开心快乐、寿比南山。因为明年的母亲节，我们或许也要为人父母了。那时的今日，又该是怎样的一番感慨呢？

窗外，雨声淅淅沥沥。我知道，我是无法摆脱这雨中的情思了。但我相信，雨过天晴后，空气就会更加清新，天空也会更蓝，树叶也会更加翠绿，我也可以做更多的事情。今夜，我且静静聆听这雨的声音，细细体味雨中的世界。

（本文写于2010年5月9日）

荷塘月色

这几天心里颇不宁静。傍晚在院子里坐着乘凉,忽然想起前些天要写的文章,在这寂寥的长夜里,总该另有一番想法吧。气温渐渐地低了,院子里邻居们的欢笑声已经听不见了;妻子在屋里看着书,迷迷糊糊地快要睡着了。我悄悄地带着电脑出了门,准备找点灵感。

打开电脑,打开Word页面。这是一个几乎空白的文档,坐了一会儿,也没写点啥上去。索性看看新闻,每篇新闻的后面,都跟着许多评论,密密麻麻的。骂街的评论,是些一直不得志的,对现实愤愤不平的人的。没有灵感的晚上,这电脑显得阴森森的,有些令人害怕。

像今晚,一个人在这苍茫的夜色下,什么都可以看,什么也都可以不看,便觉是个自由的人。平日里一定要看的新闻,一定要跟的评论,现在都可不理。这是灵感来临之前的妙处。

熟悉又陌生的网页上面,堆砌的是密密麻麻的文字。文字多得像冬天漫天飞舞的雪花。层层叠叠的文字中间,零星地点缀着些许图片,如一粒粒的珍珠,又如令人讨厌的蚊子。晚风过处,送来点点安慰,仿佛远处高楼上缥缈的歌声似的，可都不是我期待的灵感。

时间如流水一般，静静地在这一片小区的草丛里流逝。极度的苦闷蔓延在空气里。文字和夜色仿佛在胆汁中洗过一样，又像笼着轻纱的梦。虽然是噩梦，前方却有一丝看似触手可及的希望，所以不愿醒来；但我以为这是恰到好处的——妙文固不可少，"水货"也别有风味。灵感都是肝肠寸断的时候出来的，被蚊虫萦绕的榕树，落下参差斑驳的黑影；闷热的夜晚里垂下头的星星，却又像是落在梦里。

天涯里面，熙熙攘攘的都是网民。这些网民将一个帖子重重围住，只在凌晨小憩，留着几段空隙，像是特为楼主留下的。网民的脸色一律是阴阴的，乍看像一团烟雾；但楼主的风姿，即便在烟雾里也分辨得出。十八楼的话语隐隐约约的，像是要撞墙。简短的回复里也露出一两点悲哀的气息，没精打采的，是伤心人发绿的眼。这时候最热闹的，要数街上的夜宵店与网吧里的游戏迷；但热闹是他们的，我什么也没有。

忽然想起朱自清先生的《荷塘月色》来了。这篇文章是得众人喜爱的名篇。初读这篇文章时，我还是青涩的少年，那时的我勤奋好学，每天早晨对着山坡大声朗读。如今的我已近而立之年，却在这高楼林立的广州某小区回味朱先生的文章。那是一个热闹的季节，也是一个疯狂的季节。朱熹在《观书有感·其一》里说得好："半亩方塘一鉴开，天光云影共徘徊。问渠那得清如许？为有源头活水来。"

可见当时有多热爱读书了。可惜我们现在早已无法回到从前了。

今晚若做有梦人，这时的灵感也算得勉强入脑了，只不见一些动人的影子。到底惦着明天还要上班，猛一抬头，不觉已是深夜时分。轻轻地合上电脑,推门进卧室,屋里静悄悄,妻子已睡熟好久了。

(本文写于2010年9月2日)

消失在没有诗意的城市里

闭上眼睛,满脑子都是钢筋水泥,四通八达的交通和川流不息的车辆。曾经那些美好的意象,都不知去了何方。很久了,我都快忘记意象这个词的含义了,也很少想起它。

城市,一个没有诗意的所在,一个没有优美的所在,一个没有灵魂的所在。人行走在城市,仿若匆匆过客,有如行尸走肉,这里的一切都不属于你,都与你没有太多关系。那高耸的建筑,那汹涌的人群,那蕃郁的大树,带不来一丝心动。你总是皱着眉头,或者平淡麻木。

小桥、流水、人家,古道、西风、瘦马……在城市里是见不着的。

青山、绿水、飞泉、流瀑……成为城市里的奢侈品,只有在遥远的度假村里偶尔才会见到。

明月、松林、小溪、池塘、青蛙、炊烟……都成为梦里的景象。即便城市上空也有明月,但没有了山林的倚傍,她显得瘦削了许多,也孤单了许多,完全失去了月该有的味道。

人们习惯说:世界上并不缺少美,而是缺少发现美的眼睛。这句话,用在城市之外，是没错的，但用在城市里，就显得有些狭隘了。你或许会说，城市的建筑很漂亮，城市的道路很笔直，城市的花园很美丽。但你想过没有，这些都是人工的雕饰，与纯天然不能相提并论。你说城市的夜晚很缤纷，城市的生活很精彩，也没错。但你想过没有，这些东西的背后涌动着多少名和利？为了追名逐利，多少人不择手段？城市很美，但这些美都浮于表面，都是过眼云烟，都是表象。真正的美，来自自然，来自本真，无须修饰，无须雕琢。

为什么城市里诞生不了李白和杜甫，也没有李清照和柳永？当然，你还是会反驳，如今的文学大发展大繁荣，书店里有你看不完的书，网络上有铺天盖地的文章。但静下心来，又有哪一本书可以流传千古？又有哪一篇文章能够经得住时间的检验？纵然有成千上万篇文章，在岁月面前却依然苍白！这就是城市，枯燥的没有涵养的城市，丧失了诗意的城市。

一度，我想逃离城市，但如今，我却已经被城市拴住。日子久了，我感觉自己也变得如城市一般，没有了曾经的诗意。我不再优美，不再文思泉涌，我仿若干枯的水源，没有了当年的妙笔生花。我的笔下，没有诗情画意，没有灯火阑珊，也没有清风明月，有的只是带有目的性的文字，这实际上是一件多么悲哀的事情，我失去了天然的自我，我被这个社会"浸"透了，我甚至开始怀疑曾经那么多优美文章不是出自我的笔端，对于现在的自己，我很陌生。

我这样是不是很消极？是不是很悲观？我想，消极也好，悲观也罢，如能找回一点点诗意，都是值得的。人又何必一定要纠结于消极与积极、悲观与乐观呢？追求那种自由、自然、优美的生活，是我心底的想法。如果这也是悲观和消极，或许，这个世界就没有积极和乐观了。世上没有绝对的对和错，也没有绝对的好和坏，只要心觉得对，就对了。

在没有诗意的城市里，我希望能找到一个诗意的角落，哪怕这个角落只存在于我的意识之中。

（本文写于2010年12月23日）

心弦清脆

中午时分，我正在上网，窗外知了的叫声，一下子拨动了我的心弦。我感觉，应该写点什么了。在这火热的夏日里，广州这个大都市，居然也能听到知了的叫声，这的确让人心有所动。

凌晨以后，天下起了大雨，早上看到手机上的几条关于天气预报的短信，才知道在我熟睡的时候，广州气象台先后发布了关于暴雨黄色预警和解除暴雨黄色预警的短信。起了床，去交网费的路上也是细雨纷纷，不过，这种感觉我很喜欢。路上的水流浅浅的，一脚踩在水上，"啪"的一下，水花就四散开去，那声音清脆而柔和，一路走来，仿若聆听一曲欢快的交响乐。

知了的叫声已经停了，但那声音还回荡在我的耳畔。犹记得儿时，我们嬉戏于山野之间，听鸟儿的鸣唱、蛐蛐的弹奏。若是夏日，当然少不了知了那清脆的歌声。它们真的是好歌手。我们知道，它们叫的这个时候，就是玉米生长的时候，所以，总是盼着玉米快快长大，到时候就可以吃到嫩嫩的玉米棒子了。这样的时光已经一去不复返了。如今在广州，想吃玉米，一年三百六十五天，天天都可以吃到。但那份期盼的心情却没有了。不过，听到知了的叫声，我还是很动容的，因为，这预示着一个收获的季节即将到来。

春种一粒粟，秋收万颗子。知了的叫声，让我明白，如果没有春天的辛勤播种，就不可能有秋的收获。而今年的这个秋天，对我而言，真的可谓是人生中最有意义的一个季节。在我踏入三十岁门槛之后的半个月，一个新的生命进入了我和妻子的生活。那是上天给我最美好的礼物。我热切地期盼着他长大，一如儿时的我期盼着玉米早日成熟，是一种很单纯的盼望。而工作方面，我也将迎来一个新的开始。为此，我不能停下脚步，我需要全力以赴，一步一步地去走好未来的路。

（本文写于2011年6月26日）

躺在春天的怀抱里

　　这个午后，天下起雨来。那玻璃上的水珠，似乎有了灵性，它们时而走走停停若有所思，时而回眸一笑随后悠然而去，时而倏的一下了无踪迹。它们寂静、舒缓、无欲无求，好似春的精灵，让人迷醉在这个春天的午后。我沉浸在春的气息里，沐浴在春的光辉里，忘情于春的怀抱里，让思绪随着春雨飘飞，让灵魂伴着春风起舞。

　　小的时候，每逢春天，我都会在老家的大树下读书。听父亲说，在树下读书，不仅易于记忆，而且不易忘记。无数次的经验似乎证明，这种做法果真有效。而每次看到我在树下读书的样子，父亲都倍感欣慰。然而，父亲没有等我完成学业，就在1998年的春天离开我们，去了另一个世界。我想，他是多么喜欢我读书的样子，他的离开一定带着遗憾。虽然岁月已经送走了二十多个春天，但现在回想起来，一切都恍如昨日，一切都那么让我怀念。可惜，时光不能倒流，否则，我多想再让父亲看看我读书的样子。如今，我已迈入而立之年，并在去年秋天做了父亲。在这个春天想起儿时的读书时光，心中不免感慨万千。一年之计在于春，虽然我已是一个孩子的父亲，但我不能停止读书的脚步，在这个春天，我要抓紧时间多读书，相信父亲的在天之灵看见了，也会格外高兴。

犹记得刚来广州的时候，也是春天。那时的我，没有心情看窗外的雨。在记忆里，白天我都奔走在找工作的路上，春雨只出现在夜晚。一转眼，毕业已经六年，其中有五个春天是在广州度过的。我想，以后的春天或许都将在广州度过。而那个陪伴我走过少年时代的故乡，在以后的春天里，见到我的机会将越来越少了。突然想起唐朝诗人刘皂的《渡桑干》来："客舍并州已十霜，归心日夜忆咸阳。无端更渡桑干水，却望并州是故乡。"现在重读此诗，真是别有一番滋味啊，也更深刻地理解了诗人当年的心情。

去年的这段时间，羊城春意盎然。公园里，绿草如茵，孩子们在空地上放着风筝。我牵着妻子的手，行走在公园的小路上。春风吹来，她长发轻扬，略显憔悴。此时，妻子已有两个多月的身孕了，由于孕反太过强烈，她吃不下饭，消瘦了很多。后来，由于种种原因，妻子回到湖北老家待产，我们开始了为期半年的分居生活。去年10月，我们的儿子出生了，我成功升级为爸爸，高兴之情无法言表，但随之而来的责任也让我体会到为人父母的不易。虽然孩子放在老家，我可以"高枕无忧"，但缺席孩子成长的过程，将使我成为一个不合格的父亲。而牛郎织女式的生活，也让我们备受相思之苦的折磨。我下定决心，就算再辛苦，都要让妻子和儿子与我在一起。可喜的是，这个春天，儿子已经来到了我的身边，我可以陪伴他茁壮成长，让他感受到父亲的温暖。而母亲也来广州帮忙照顾孩子，我也可以略尽孝心。这个春天，因有儿子的欢笑，因有家人的团聚，我的生活变得更加多姿多彩，虽然很累，但心却是快乐的。

春天，是一个惹人喜爱的季节。她充满希望，带给人们新的变化。她仿佛一首动听的音乐，使人听到美妙的旋律，让人体验生命的快乐。而那春雨，无愧于"润物细无声"的美誉，几千年来，都保持着"不知不觉而来，无声无息而去"的习惯，将喧嚣带离尘世，将滋润留给万物。我且躺在春天的怀抱里，闭上双眼，聆听春雨的心跳，感受春天的气息……

（本文写于2012年3月30日）

最喜这样的小雨

在这宁静的早晨，躺在被窝里，听窗外的雨，想象着她的风姿与神采，便觉得是个幸福的人。

昨天是二十四节气中的"立冬"，这标志着冬天正式到来了。然而，广州的冬天实在不能称之为冬天，这里既没有呼啸的北风，也没有漫天飞舞的大雪，更谈不上有"千里冰封"的景象，有的只是一种淡淡的秋的味道。

听着窗外的小雨，我却越发兴奋起来。我怎么可以错过这么令人心动的雨？索性披衣起床，也来不及去洗一把脸，急忙找来纸笔，打开台灯，顺手就写起来。我想写尽这雨色，将她的风姿全然展现出来。说到写雨的文章，我要首推余光中先生的《听听那冷雨》。许多年了，我一直喜爱着这篇优美的散文，喜爱着作者那颗细腻而丰富的心。

这样的雨，仅用耳朵听，是不够的，你必须用心去听，才能听出她的真切，听出她的动人。

她一滴滴、一点点，落在金属器物上，落在树叶上，落在地上……落进了听雨人的心里。她仿若一曲情真意切的交响乐，除了悦耳动听，还令人心醉。

她落在金属器物上的声音，是叮叮的。那每一声"叮"，都仿佛落进了梦里，梦乡因为这水滴而泛起一圈圈涟漪，并随着时间的流逝而四散开来，直到一切又归于平静。

她落在树叶上的声音，几乎听不见，但落下的那一刻，树叶有一丝的颤动，先是向下沉了一下，然后又弹了起来，这一沉一弹，便有了节奏，仿佛那跳动的音符。

她落在油纸上发出的是"啪"的声响。这不禁让人想起那首凄美的《雨巷》来。只是没有看见"丁香一样的姑娘"，而让人多少生出些遗憾，又恰恰是这遗憾，更增添了小雨的楚楚动人。

她落在车顶上，则是"咚"的声响。这有点像是从远方山谷中飘来的鼓声，但一刹那间，便消失得无影无踪。你只能循着刚才她来的方向，去回想她落下时那一瞬的姿态。

她落在地上，则是一种与众不同的声响，一种似有还无、似无还有的声音。可以想象，她落地的那一瞬间，仿若一朵水莲花，是那么轻盈，又是那么优雅；是那么坚定，又是那么迟疑。待你静听的时候，她已入了土。即便你用眼睛去看她，也未必能看得真切，因为，她只将她的美丽留给对她最用心的人。

这样的雨，不像夏雨那样滂沱而来，声如洪钟，势如破竹，外加电闪雷鸣，还夹杂着狂风。夏天的雨，像极了一位气吞山河的将军，他善于突击，统领千军万马，气场强大。而这冬雨，宛如一位温柔多情的江南女子，她轻轻而来，悄然而去，衣袂翩翩，虽无地动山摇的气势，却也有摄人心魄的力量,那是一种似有还无的力量,一种"柔"的力量。她以轻盈的脚步走入人的心里,又以令人痴迷的韵味让人对她念念不忘,倾心相许。她几乎无孔不入,让你的每个细胞都充满她的气息。听着这样的雨,你心甘情愿成为她的俘虏,沉醉于她为你营造的温柔乡里,久久不愿离去。然而,她终是要走的。只是,她走得悄无声息,以至于你从沉醉中回过神来,她已经走了很久。这时,你怅然若失,好像丢了魂儿似的,期待着她的再次光临。然而,她这一去却不知道何时才能再回来。

她如娓娓道来的故事,令人心驰神往、浮想联翩;她如一粒种子,从遥远的天国而来,不沾一丝凡尘,落入听雨人的心田,生根发芽,开出动人的花;她如一曲《高山流水》,只有知雨的人,才听得懂她的弦外之音。

人生中,能有一些时间来听听这样的小雨,我便觉得自己是个幸福的人。我且受用这小雨带给我的无限乐趣了。

（本文写于2014年11月8日清晨）

周末的遐想

  星期六的上午，我睡到了九点半，听了一个小时的音乐，方才起床。拉开窗帘，扑面而来的是阳光，可我觉得，这阳光里有你的芬芳。抬头看看天，是一望无际的蓝。出差在外的你，是否还在忙？

  我洗了头发，又来洗衣裳。不知何时，高压锅里的稀饭，已冒出香味。一个人的周末，早餐也是午餐，简简单单。

  洗衣机在旋转，呜呜的声音像唱歌。楼下的孩子们，在沙堆上玩得正欢。阳台上你种的花儿，沐浴着阳光，盖着暖暖的土被窝，她们不想起床……

  这样的时光，好温暖。若是你在身旁，便可与我分享。最近的你，可谓连轴转。先是考了驾照，而后又去河南出差。明天回来后，又要接着上班。想着我不能分担你的辛苦，愧疚便爬满心坎，疼爱就填满心房。愿你出门在外，顺利平安。

  这样的日子，适合游玩。若是骁腾在身边，咱们又可以泛舟于珠江。犹记得许多个这样的周末，我们带着骁腾在江边追逐嬉闹，多么欢畅。翻着那一张张照片，快乐如泉水般汩汩而出，汇聚成一片幸福的汪洋。期待着放假的日子，期待着与孩子的相见，我要抱起你，让我们的心一起快乐飞翔。

这样的生活，好安详。若是父母在身旁，可以一起话家常。老妈最爱织毛衣，岳母最喜做针线活儿。老妈的毛衣织得又快又好，岳母的针线活儿做得又细又密。老妈看着自己织的毛衣，喜上眉梢；岳母看着自己做的针线活儿，笑而不语。老爹最爱养肥猪，岳父最喜做家务。老爹的肥猪养得又壮又圆，岳父的家务做得又多又勤。老爹看着自己养的肥猪，志得意满；岳父看着自己做的家务，乐在心上。

偌大的一家人，一个在郑州，一个在广州，三个在荆门，两个在巴东。虽然都没在一起，但有那么一条线，从南连到北，从东连到西，把我们的心都紧紧地连在一起。期待着过年，期待着团圆，期待着相聚。

（本文写于2015年1月17日）

细雨霏霏

行走在上班的路上,细雨霏霏,我没有撑伞,任这小雨随意落在我的头发上,落在我的肩膀上,落在我的身上。我独自行走着,享受着细雨带来的脉脉温情。

与这样的细雨同行,心中不免要想起那些圣人先贤们的名篇佳作来,而我最喜爱的还是杜甫的《春夜喜雨》:"好雨知时节,当春乃发生。随风潜入夜,润物细无声。野径云俱黑,江船火独明。晓看红湿处,花重锦官城。"一字一句咀嚼着,颇有一番情趣。首联一个"好"字把诗人的喜悦心情表露得淋漓尽致,颔联因为富有哲理而成千古名句,尾联"晓看红湿处,花重锦官城"与《春晓》中的"夜来风雨声,花落知多少"有异曲同工之妙,而颈联营造出来的天地一片昏黑、江上渔火独明的意境,让我思绪纷飞,心向往之。只要闭上眼睛就能想到,天地之间一片漆黑,唯有江上一点渔火,那是一幅多么静谧、纯净而又温馨的画面。我想,如果杜甫生在当今,他一定是一位摄影高手。

脑海中想象着这样一幅水墨画,心中便又惦记起我那遥远的老家了。春夜的老家，没有万家灯火，也没有车马喧阗。大山深处，一片漆黑，只有几处山脚下亮着灯光，但那灯光在漆黑的夜色里，显得十分模糊，乃至微弱。而到了夜深人静之时，山间的老家便万籁俱寂，仿佛黑夜里什么也没有。如果不是偶尔传来的一两声犬吠，对于夜行人，或许会有种闯入另一个世界的错觉。而在这样一个春天的早晨，老家的山间则会升腾起一层薄薄的晨雾，那雾可不是城里的雾所能比的。老家的雾，透着清甜的气息，行走在雾中，仿若进入仙境，让人有种飘飘然之感，你会感觉每个毛孔都被滋润，心情顿时活泼起来。那清雾好似窈窕淑女舞动着的轻纱长裙，随风而起，随风而动，惹人心醉。你可以张开双臂，闭上双眼，聆听到她的呼吸和舞步……太阳渐渐升高，雾慢慢散去，山脚下、屋顶上炊烟袅袅，地里的庄稼从梦中醒来，伸伸懒腰，开始迎接新的一天。

　　与老家的庄稼们一样，我也是每天从睡梦中醒来，然后开始新的一天。与她们不一样，我需要走一段路才能开始新一天的工作，而她们则在原地汲取营养来生长。事实上，谁不想一辈子都在那片最亲切的土地上去实现梦想呢？那里，有儿时最美好的记忆，有祖祖辈辈留下的痕迹。那里的一草一木，我都会记得清清楚楚，即便有一天我终将老去。然而，已经离开老家快十年的我，再也无法回到那片最亲切的土地上，像那里的庄稼一样自由生长了。如果在老家，我不知自己能够做些什么，难道又要重复父辈们面朝黄土背朝天的人生吗？或许，这就是所谓的命。"命"是无法改变的，是与生俱来的，而"运"则是可以通过努力改变的。"运"这个字，本身就象征着要像云一样行走，是可以变的。所以，我离开老家，走到山外，来到广州，在这个城市付出近十年的努力，然后安定下来，再用二十多年还清贷款。这就是代价，这就是改变"运"的代价。只是，我再也无法常常与那片最亲切的土地在一起，再也不能隔三岔五地去到田间地头，看看那些迎着春风茁壮成长的庄稼，也欣赏不到老家晨雾的曼妙舞姿了。但既然选择了，就只顾风雨兼程；既然选择了，就无怨无悔。积极的人生，不能认命，而是要快马加鞭，通过对"运"的改变来弥补"命"的局限。

细雨霏霏，思绪纷纷，不知不觉已到了公司的门口，新一天的工作就要开始了。回首大门外湿湿的沥青路面，我还是忍不住想起了老家那松软的泥土路。

（本文写于2015年3月12日）

又是一年梅花开

萝岗香雪的梅花每年都会盛开,但我并非每年都能一睹她的芳容。

今年是我到广州的第九个年头,但时至今日,看梅花的次数也不过三次。第一次到香雪公园看梅花,还是七年前,犹记得当时是与一群爱好摄影的朋友一起踏入香雪公园的大门。或许是记忆力衰退,也或许是时间太久,脑海中关于那次看到的梅花的记忆已变得模糊。

第二次是在五年前,那是应"老东家"的邀请,为他们组织的派对活动摄影。虽然五年的时间已经过去,但那次的梅花我却记得真切。那是早春时节,梅花开得十分热闹,白色的梅花把偌大的公园变成了花的海洋。徜徉于花海间,如梦似幻,花香四溢,沁人心脾。派对活动在花海间的一块草坪上举行,俊男靓女们用歌声赞美青春,用舞蹈展示活力,用交流打开心扉。歌声如阵阵花香释放青春的韵味,舞蹈似点点梅花演绎生命的旋律,交流像片片花瓣飘入手心,融于心田。阳光下,花瓣洁白无瑕,是爱慕的眼神,是纯洁的情谊,是青春的光芒。

时间过得真快,五年前,我刚刚踏入三十岁的门槛,而在那个早春,我还不知道自己很快要做父亲了。如今，五年过去了，我已是一个五岁孩子的父亲。这次来到香雪公园，白色的梅花早已开尽，这犹如我的青春已成为过去，虽有些许的惆怅，却不至于伤感，毕竟，我的青春在孩子的身上得以蓬勃绽放。其实，今年本也有机会一睹白梅花的芳容，只因白梅花盛开的时节，香雪公园人山人海，我便没有凑那个热闹。

而今，迎接我的是一片粉红色的梅花，别有一番滋味。我逆着阳光用心地拍摄，我希望拍到梅花最迷人的风姿，希望拍到她最动人的神态。粉红色的梅花，多了几分妖娆，多了几分浪漫，看着看着，不禁心旷神怡。想象着一位穿着粉色长裙的女子，在春天的河边起舞，河边绿草如茵，清清的河水映着蓝天白云，映着女子多情的眸子，映着她姣好的容颜，映着她婀娜的身姿，河风吹来，舞姿翩跹，水中的倒影越发婆娑。这时，远方传来悠扬的笛声，清风拂过河面，河面泛起层层涟漪……多么优美的画面，多么醉人的风景！可惜这一切只在想象中。不过，看着眼前娇艳欲滴、千姿百态的梅花，已尽得美的享受。

逆光里的梅花，仿若粉红色的钻石，熠熠生辉。那薄薄的花瓣，在阳光下极尽生命的奢华，绽放出璀璨的光芒。一只蜜蜂飞来，落在黄色的花蕊上，它嗡嗡地叫着，采集花粉，忙个不停。微风吹来，千万朵梅花轻轻摇曳，是粉色的童话，是梦幻的芭蕾，让人流连，令人忘返。

又是一年梅花开，梅花开时春常在。

粉色梅花醉游人，快意人生乐开怀。

今年梅花将落幕，明年花开我还来。

但愿年年人皆好，岁岁花开把梦栽。

夜已深，梅花的倩影依然在我脑海中徘徊，我且将这份乐趣带入梦里，相信梦里是一望无际的梅花，那粉色的梅花点燃了我的青春岁月，带给我一个欣欣向荣的世界。

（本文写于2017年4月9日）

十里银滩度假记

当清晨第一缕阳光掠过海平面，照亮十里银滩；当一波又一波的海浪卷起欢快的浪花，涌向十里银滩；当休闲度假的人们带着欢声笑语，兴奋地小跑着占领十里银滩，我却要与你——十里银滩，挥手道别。与你在一起的三个日子，是短暂的，却又是精彩的，充满着温馨、轻松、感悟和收获。我宁可今晚不去更新小说，也要把这三个日子的时光记下来，作为一段美好的旅程存入记忆的匣子。

温馨时刻

最温馨的时刻，莫过于买来各色食材，一家人一起烹制美食了。酒店提供炊具租赁服务，并提供油盐酱醋等调料，炊具一天的租金是一百元，油盐酱醋等调料明码标价，都在橱柜里，使用之后可以带走。从买菜，到洗菜，再到蒸炒，每一道工序，每一种配料，都亲力亲为。在抽油烟机淡黄色的灯光下，一道道色香味俱全的菜肴从锅里到了盘子里。看着满满的一桌菜，一种成就感和自豪感油然而生。因为每道菜都是自己亲手制作的，所以吃得放心；因为每种食材都是直接从市场采购的，价格实惠，所以吃得任性；因为省去了点菜、等菜等环节，也没有饭店的嘈杂与喧闹，所以吃得自由自在。

轻松时刻

最轻松的时刻，莫过于迎着朝阳在海边晨跑了。海边有一条长约两公里的绿道，是跑步健身的好去处。每天早上七点，我准时起床，然后沿着海边的绿道一路小跑到海鲜市场。如此，既跑步健身，又赶集买菜，一举两得。清晨的阳光照在海滩上，照在礁石上，照在晨练的人们的脸上，一切都仿佛被镀上了一层金灿灿的光辉。绿道上，树叶落下斑驳的影子。海岸边，纯白的海鸥和灰背的海鸥时而在岸边礁石上驻足停留，时而在水面上低空滑翔。连续两个早晨，风景都是如此迷人，阳光也如金子般耀眼。奔跑在绿道上，微风徐徐，虽然汗流浃背，却也酣畅淋漓。

感悟时刻

感悟最多的时刻，莫过于陪着儿子玩沙堆了。沙滩，对每个孩子而言，想必都会为之着迷。我和儿子在沙滩上挖了沙坑，然后为沙坑筑起堤坝。我们把沙坑挖得越来越大，沙坑的堤坝也越筑越高。我们就那么放肆地挖着、堆着，直到其成为那片海滩上最大的沙坑和堤坝。我们的"工事"规模宏大，任凭海浪如何攻击，也岿然不动。在挖沙坑、筑沙堤的过程中，我对某些事物的认识得到了升华，总结起来，基本可以分作四个阶段：

第一阶段，起步阶段。在这个阶段，我们的沙坑刚刚开挖，还很小，没人关注，一个海浪冲来，我们的沙坑便被填平了。事实上，无论做什么事，在起步阶段，都不会引起人们的关注，这个阶段，要的就是一股冲劲、一份坚持。

第二阶段，发展阶段。在这个阶段，我们的沙坑越挖越大，沙坑周围的堤坝也越垒越高，海浪已经不能轻易抹平我们的劳动成果。在这个阶段，随着持续的投入，事情开始发生变化，并朝着你所期望的方向发展，事物的抗风险能力逐步增强。

第三阶段，成熟阶段。在这个阶段，我们的沙坑已足够大，堤坝也足够坚固，即便是猛烈的海浪，也难以撼动堤坝。由此而来的，则是关注度的持续走高，越来越多的路人看到我们的"工事"，不由自主地发出赞叹，有的小朋友还主动加入我们的游戏，成为我们中的一员，一起为我们的作品"添砖加瓦"。在这个阶段，事物达到了一定的规模，抗风险能力得到强化，就如一块磁铁产生了吸引力，一些志同道合的朋友便会加入进来，一起做大"蛋糕"。

第四阶段，收获阶段。这个阶段，我们的"工事"基本成型，在整个沙滩上，可谓"鹤立鸡群"。经过前面的付出，我们似乎可以享受成果了。如果这么想，那就大错特错了。在这个阶段，一些潜在的风险便会慢慢出现。我们的成果是如此诱人，难免引起一些不怀好意或者别有用心的人的破坏。此外，海浪也会永不言败、不厌其烦地来冲击我们的成果。对于这些隐患和风险，如果视而不见，那么，我们的成果也将慢慢被蚕食、吞没。这个阶段，绝对不能高枕无忧、万事大吉，而是要居安思危、未雨绸缪，防患于未然。

收获时刻

要说收获的时刻，莫过于坐在酒店的阳台上，一边听着海浪的声音，一边继续写我的小说了。我选中这家酒店的主要原因，便是站在阳台上即可看见碧海蓝天，阳台上还有桌椅可供写作。

自今年1月26日开始写《武陵侠侣传》以来，时间已经过去了大半年。其间，小说的名字经历了数次变更。每个章节的标题也由原来的对仗调整为相对灵活的格式。整个写作过程，既有为情节的曲折发展而绞尽脑汁的痛苦，也有文思泉涌一气呵成的畅快。因时间关系，无法保证每天更新，心中时常生出许多自责和愧疚。长期的夜晚写作，精力难以为继。从第一个字到目前的九万余字，耗费了太多的精力，克服了诸多的困难，放弃了许许多多的休息时间，忍受着枯坐的无边寂寞。在写《武陵侠侣传》之前，我未曾读过一本武侠小说，更别提写武侠小说了。因为写武侠小说，所以我开始读武侠小说，读的第一部武侠小说便是金庸先生的《天龙八部》。有朋友说，这是一部神作，我也这么认为。《武陵侠侣传》算是我的武侠小说处女作吧，至于写得好不好，我不想去深究。但无论如何，我都要写完它，做到有始有终。无论做何事，尽力而为，但求无愧于心，做人如此，写作亦如此。

结束语

这个国庆，住在十里银滩，让时光停留，把心静下来，与心爱的人一起制作美味佳肴，与孩子一起享受亲子时光，在晨光中感受奔跑时的呼吸，在夜里伴随着海浪的韵律走进我的武侠世界……尤其是通过"吃"这种传统的方式感受当地的风土人情，走进菜市场，买来食材，拿起锅碗瓢盆，放慢生活的节奏，像当地人一样去生活，回忆起来，都是怡然自得的，就如那螃蟹的鲜美，就如那鱼虾的细嫩，就如那扇贝和海螺浓郁的腥味儿……

（本文写于2018年10月5日晚）

故乡的早春

　　太阳渐渐落下山去，蓝了一天的天空被橙红色的晚霞占领，一弯月牙儿不知何时已悄然爬上天空。完成一些工作事务后，我走出屋子，来到院子中央伸伸懒腰，活动活动筋骨。今天是2020年2月的最后一天，是我这次在老家度过的第三十九个日子。

　　今天的老家，晴空万里。湛蓝的天空上，零星地飘着几朵白云。清风徐徐，送来春回大地的气息。枯瘦的山林似乎开始涌动起来，许多树木已迫不及待地冒出嫩芽，路边的蒲公英甚至开出了金黄色的小花。数只喜鹊时而飞到院前的树上，时而又飞去对面的山上，欢快的叫声似乎在庆祝着冬日已成过去、春天已然到来，叫人听了格外高兴。阳光下的小山村，像一个待字闺中的少女，安静地舒展着曼妙的身躯，有些羞涩，又充满着期待。经受了数九寒天的洗礼，在春日暖阳的照耀下，田野露出轻浅的笑容，那泥土松动的声音，仿佛也能听见。乡亲们开始忙活起来，他们砍掉田边的茅草，并将这些茅草扎成捆，然后堆在一起，又在上面盖上厚厚的一层土。这些工序完成后，就点燃了茅草。春风中，茅草噼里啪啦地燃烧起来，青烟随风飘散，茅草燃烧后散发的清香混着泥土的味道在山野间弥漫。经过火烧的泥土，有了碱性，成了种植庄稼的肥料。在老家，这项农活儿被称为"烧火粪"。

在这样的日子里，有两种植物成了餐桌上不可或缺的菜肴，那就是白菜薹和鱼腥草根。白菜薹生长在油菜地里，更多的时候是用作猪的饲料，之所以上了餐桌，却是我妻子的功劳。自腊月以来，我们吃得最多的是包菜。有一天下午，妻子带着儿子去爬山，在山顶的荒地里，发现了几棵白菜薹。那晚，我们炒了一大盘白菜薹。白菜薹鲜嫩可口，吃在嘴里，甜在心里，充满着春天的味道。从此，地里原来喂猪的白菜薹成了我们的一道美食。鱼腥草根，其实并非受到所有人的喜爱，但我却对它情有独钟。它具有消炎、清热等功效，慢慢咀嚼，香气四溢，感觉整个人都被它给迷住了。阳光照在山上、田野里、马路上，仿佛给小山村披上了耀眼的新装。我和儿子站在院子里，一起观察老家的春天。儿子突然说："爸爸，我想写一首诗。"我有些惊讶，便鼓励他去写一写。不一会儿，他人生中的第一首"诗"就出炉了。

看着儿子的作品，回想这些天与他一起读古诗，给他讲王维、孟浩然的故事，我不禁感叹：老家真是一个好地方，城里哪有山水田园，哪有鸟语花香？记得有位朋友在我的朋友圈留言："感谢生活，有剥夺，也有赠予。"对此，我深以为然。连日来，老家云雾缭绕，烟雨蒙蒙。我本以为这样的日子还有一段时间，却不想今日临近中午时分，天居然放晴了。在故乡的春日里徜徉，我仿佛沉醉在梦里，不愿醒来。不知不觉，已是夜晚。外面寂静无声，夜空中撒满星星，那弯月牙儿已经越过中天……

（本文写于2020年2月29日）

享受难得的雨天

今天,是个雨天,外面下了一天的雨。

雨水顺着墙壁上的管道流淌,发出哗哗的声响。不远处的池塘,水滴落在水面,水面上盛开无数朵小小的水花,水花微微荡漾,好似一首韵律悠扬的名曲。那遍地的青草,在雨水的滋润下,显得愈发嫩绿,散发出清新的气息。

在这样的日子里,与同事们、合作伙伴们就合作项目进行沟通、交流,一起解决合作项目中的难点,一起商讨解决问题的办法,一起推动项目朝着目标前进,虽然有时候讨论有些"热烈",但这恰如池塘中的水花,是那么惊艳,让讨论变得更有生机与活力。无论这种讨论的结果如何,我们都是在携手谱写一曲动人的开拓之歌、合作之歌、共赢之歌。

我很喜欢雨天,尤其喜欢雨天约上三五好友,喝喝茶、聊聊天,但这样的日子已经很少了。我们且在这样的日子里,一起谋划合作,一起创造未来,待到山花烂漫时,我们再把酒言欢、举杯畅饮、共话过往,这又何尝不是一种美好的期待呢?

看样子，今天的雨是要下到天黑，甚至下到明天了，我且享受这难得的雨天。因为，排水管中哗哗的流水声，让我仿佛置身于小溪旁，而那池塘中的水花，则勾起我对合作交流的向往。

（本文写于2023年9月7日）

悟

生命如歌

　　清晨醒来，窗外树叶散发出的幽幽清香弥漫了整个屋子，那鸟儿婉转的歌声仿佛故乡甘冽的泉水，滋润着你的心田，一种微妙的幸福感让你感受到生命的快意。

　　午后的小溪里，水波微漾，水草自由地摇摆，快活的鱼儿你追我赶，与映在水里的太阳玩起游戏。你静静坐在溪边，看着这一切入了神。一只虾来到了你的脚下，你一动，它便敏捷地逃走了。于是，你惬意地一笑，风儿吹过了草尖，小草把手摇了摇。

　　夜风轻轻吹拂着工业园，月光如西子多情的眸子，送出的秋波在工业园洁净的空间里缓缓流淌，一种穿越时空的感觉包围了你，你仰望着苍穹，想象着美好的未来。突然，一个吻如雪花般轻盈地落在了你的脸颊上，别怕，那是你的爱人给你的吻，也是生活给你的恩赐。

　　生命之歌的美好和欢畅犹如童年的琴弦，总是在不经意间被拨动，那醉人心魄的曲子常常在午夜响起，一如这春天的脚步在不知不觉中就来了，一如你不知何时就进入了甜美的梦乡。

生活在诗一般的国度，人生其乐融融，生命也就自然美好了。其实，只要你珍惜生命，尊重生命，经常与生命对话，你就能品尝到人生的深意和那无法言喻的快意。

生命如歌，有激昂也有低沉，有欢快也有忧伤，有一帆风顺也有迂回徘徊，但无论怎样，都是生命的律动，都是生命的延续，因此，一切都显得美好。

（本文写于2007年2月28日）

由骑自行车的男人的快乐想到的

今天中午吃完饭，慢悠悠地往回走。在过马路的时候，一个四十岁左右的男人蹬着一辆破自行车悠然自得地从我面前晃过，那自行车已经很破了，而且发出吱吱呀呀的响声。我仔细看了一下这个男人，他的脸上都是笑容，似乎这辆破烂的自行车与他无关，他快活地骑着，那身影在我的视线中慢慢远去。我边走边想，他为什么那么悠然自得呢？他或许没有钱，可他有快乐。我想，他一定有几个儿女，还有一个温柔贤惠的妻子，有一个朴实温馨的家！

要下班的时候，我看了一篇小小说——一篇自诩"让男人看一遍哭一遍的文章"。我看了，没有哭，但心灵还是有被触动。那个叫丁宇的男人娶了一个叫小冉的女人，起初，他们相处得很好，新婚之夜，小冉问丁宇："阿宇，我们总有一天会老去，直至死亡。如果可以让你选择，你希望自己最终的归宿在哪里？"她本以为丁宇会很生气，因为这是新婚之夜，她本不该说这种不吉利的话。丁宇沉默了许久，然后说："如果有一天将要离开这个世界，我希望最后的归宿是在你的怀里。这样，即使要喝下奈何桥边的孟婆汤，来生，我依然能够带着在你怀抱里的记忆找到你。"这个男人，或许与那位骑自行车的男人有相似之处，他们都比较坦然，并自得其乐。然而，这个叫丁宇的男人却没有骑自行车的男人那么幸运，他的妻子小冉经不住有钱人的诱惑，耐不住寂寞，红杏出墙了。一段时间后，他们离婚了。就在办了离婚手续后，小冉准备搬东西的时候，意外发生了。这场意外证明了那个叫许勇的有钱人并不爱这个红杏出墙的女人，而仅仅是看上了她的美色。就如许勇所说："我挺羡慕你的丈夫。如果我有一位这样美丽的妻子，是不会让她在这样的青春里把双手变粗糙的。"如果小冉是个聪明的女人，从这句话里就应该听出言外之意。"如果我有一位这样美丽的妻子"，言下之意，已经否定了自己的妻子，这样的男人绝对不是什么好男人，尽管他可能在某些方面很成功，但他不会真心爱你，他看上的仅仅是你的美色。小冉上了他的钩，以为从此可以不必过那种平淡无奇的生活了，跟着许勇出入灯红酒绿之间，感觉自己一步登天了，找到人生中真正的靠山了。然而，她错了！那个叫许勇的男人开着车在外面等着搬东西的小冉出来的时候，意外发生了，房屋慢慢地坍塌了，许勇也随之不见了。他不是被活埋了，而是见此情景，溜了！而那个让她感到平淡无奇的男人、不能满足她虚荣心的男人——丁宇，却用生命诠释了他曾经的誓言——"如果有一天将要离开这个世界，我希望最后的归宿是在你的怀里。这样，即使要喝下奈何桥边的孟婆汤，来生，我依然能够带着在你怀抱里的记忆找到你。"他把生的希望留给了小冉，把死亡留给了自己。

常言道："平平淡淡才是真。"走进婚姻的殿堂，更多的应是两个人心心相印，一生陪伴着对方。浪漫是应该有，但不必天天都有。耐得住寂寞，才能修成正果，否则，修来的就是恶果。那个骑自行车的男人无疑是幸福的，他有个温暖的家。他或许没有辉煌的事业，也没有显赫的地位，但在他的眼里，这个世界却是美好的，就像这个中午，虽然好像要下雨了，但还有阳光。从他身上，我看懂了什么是快乐。

然而，我不能学他，也不可能甘于过他那样的生活。毕竟，我要承担起更大的责任，不管是为家庭，为事业，还是为社会，我都不能像这个骑自行车的男人一样，骑着破烂自行车却依然从容、自得。但从他那里，我学到了一种东西，那就是"快乐是一种心态"。而从丁宇那里，我则深受启发。

作为男人，绝不能像丁宇那样，永远不思进取，满足于当下。生活需要激情，而男人则要把激情变成事业，创造更美好的未来。尤其是那些有着一个深爱自己的妻子的男人，更应该懂得珍惜。这珍惜，不能仅仅停留在对妻子的忠贞不贰上，你的成就、你的进取、你的进步其实都是对她的珍惜。你爱她，就应该为她去奋斗。如果你说你爱她，但只知道自得其乐，做一天和尚撞一天钟，那怎么行呢？女人是需要希望的，你要让她看到希望。女人是高贵的，你要让她感到被尊重。女人需要浪漫，你工作再忙，也不要忘了与她一起出去兜兜风。如果像丁宇那样，只知道闷在家里写写画画，每天按部就班地上班下班，甘于做一个小职员，生活是不会好起来的。

与他们相比，我是幸运的。我有着较好的文化素养，这为我的进步打下了基础。我有一个温柔贤惠的未婚妻，她那么坚定不移地爱着我，与我同甘共苦，一起分担人生中的酸甜苦辣。我可以像骑自行车的男人一样拥有快乐的心态，像丁宇一样死心塌地地爱着自己的妻子。除此之外，我还要勤奋工作、刻苦努力，去创造更加美好的未来。虽然现在的我们日子较为普通，但只要有希望，够勤奋，世界上就没有做不成的事，所谓"有志者，事竟成"。生活属于强者，做个强者不容易，但止步不前就意味着终将被生活抛弃。当然，这里所说的生活不是满足于温饱，而是可以获得享受的生活。正因为做强者不容易，所以做成了强者，才知道生活的甘甜。毕业一年了，工作总算有了转折。有梦想，就要去追求。因为太爱她，所以我得让她幸福，不能让她跟着我受苦受累一辈子。为此，或许我要付出很多很多，但我无怨无悔。

（本文写于2007年8月24日）

这样刹车比较美

今早上班,感觉精神很好,于是,我边骑车边哼着小调。明媚的阳光照在车水马龙的道路上,一片繁忙的景象。我穿过一个十字路口,进了一条乡间小道,说是乡间小道,其实是一条次干道。道路两边都是民房,所以,车要少些。路边有很多树,阳光透过树叶在路上洒下斑驳的影子。

正在这时,一个骑着自行车的红衣人从旁边一条更窄的路上"杀"出来,我赶紧刹车,红衣人也赶紧急刹车。四目相对的瞬间,我们都笑了。那一刻,时间仿佛停滞了。我这时才注意到对面是一个红衣女子,她长得不是很漂亮,但那微笑却特别让人难以忘记。因为我哼着小调,所以我自然也是笑着的。我们彼此对视了一下,什么也没说,就朝着相反的方向而去。

我一边走一边想,这样的刹车多美呀!生活中,如果每个人都微笑着刹车,那该是多么和谐美好啊!然而,我们常常只想到了刹车,而忘了在刹车的瞬间给予对方会心的微笑。很多时候,急刹车的人甚至还会口出脏话。每当听到这些话,更多的是感到悲哀。我们为什么要这样对待对方呢?生活中很多时候是免不了要刹车的,我们为什么不感谢及时刹车而未给对方生命财产造成伤害的人呢？怀着一颗感恩的心，微笑着面对每一次的意外。生活，其实可以更美的。

红衣女子的微微一笑，仿佛天边灿烂的朝霞，让人神往。既然秋天已经到来，我们为什么不去热情地拥抱秋天呢？放下那张高高在上的脸，还生活以轻松和谐，别人开心，自己也开心。

（本文写于2008年2月28日）

五毛钱的启示

今天,突然看见笔筒里有个发霉的五毛硬币,心中顿生很多感慨。我对同事说,还是找个机会把它用掉,不然,它就失去了它的价值。说完这话,我陷入了沉思。

是啊,它本来可以买一个馒头、一块橡皮或一支铅笔……它本应该可以有很多种选择去发挥它的价值。但是,我把它长期丢在笔筒里,不闻不问,时间长了,这才发现,它长霉了,变得很丑很丑。可当初,我似乎记得,它也是闪闪发光的。

我用纸巾拭去它身上的污物,它便又焕发出光泽来。我想,是该使用这枚硬币去做点什么了,虽然它的价值不是很大,但却可以多少做点什么,不能就这么把它浪费了。

其实,生活中这种情况又何止于此呢?

每个人,都有他的有用之处,如果我们不能充分发挥他的作用,而是对其置若罔闻,那就会造成浪费。对当事人来说,他自己的价值没有得到实现,自己也是不好受的,时间长了,就会慢慢消沉,乃至"发霉变质";对用人者来说，如果有这么一个资源却不用，那就等于浪费。

再说远点，"千里马常有，而伯乐不常有"。善于发现人才，善于让每个人把能力发挥出来，也是一个管理者应该具备的素养。所以，要想做好一个管理者，就要重视每一个员工，看到他们身上的优点，并给他们一个便于发挥自己特长的平台，充分调动他们的积极性，使他们实现自我价值。

（本文写于2008年12月31日）

习惯了，就真的那么好吗？

习惯了，就真的那么好吗？

人们常说，习惯了就好。可我想说的是，习惯了就真的那么好吗？

来广州工作已经一年有余了，刚来广州的那段时间，我经常去珠江边欣赏珠江上来往的船舶，听江水拍打岸边的声音，以及江风吹拂岸边花草树木的声音，看男女老少在江边放风筝、谈天说地、玩耍……一转眼，离上一次到珠江边已有半年多的时间了。这半年多的时间里，我去了哪里？这么好的风光，我竟然可以将其忘却，这是我刚来广州时始料未及的。我以为，我会经常来珠江边，哪怕只吹吹江风也好。

天渐渐暗下来了，琶洲大桥上亮起了彩灯，那灯光映在江心里，随着水波一晃一晃的，让人不由得陶醉起来。不远处的电视塔，矗立在晚霞的余晖下，它那高高的身影，犹如站在江心的巨人，殊不知，它正在向千家万户发射着信号。国际金融中心也快完工了，完工后的它将成为广州的新地标，成为中国南部的摩天大厦。我期待着有机会去大厦顶层，一睹广州的全景，感受一下"会当凌绝顶，一览众山小"的气势。广州，这座南方大都市，正在飞速发展，我有幸成为其中的一员，心中不免生出许多快意。

夜晚的珠江，就像一条流光溢彩的长龙盘踞于广州城区，给夜色中的广州增添了几分柔美。我喜欢珠江，尤其喜欢在江边漫步，那是一种怎样的闲适！每每去江边，都能装满轻松后回家。江边很宁静，没有城区的喧嚣和繁杂，看着滚滚东去的江水，感觉心也随着江水荡漾。如此美景，我却半年多没有来欣赏过，现在想来，实在是一大憾事。

我不由得想起"习惯了就好"这句话。刚来广州的时候，对广州是完全陌生的，对每一个地方都充满着新鲜和好奇。一有空，我就跑到江边，哪怕是一个人，也能在江边溜达半天。偶尔在周末，我就带着书在江边的树林里享受那份静谧。书往往是没有读多少，但却能享受一次真正的放松，就如经历一次全身心的洗礼。可这么美好的事情，随着我对广州的"习惯"而慢慢被淡忘了。这一习惯下来，就过去了半年多。应该说，这半年多我是有很多时间可以来江边的，但事实上我差点忘记还有这么一个好去处，直到这次重新拾回曾经的足迹。我不禁感叹，习惯了就真的那么好吗？

其实，生活中很多时候，我们因为"习惯了"而失去了很多美好的东西。比如，婚姻。现在很多人离婚，原因就是习惯了。习惯了就觉得没有新鲜感了，没有了激情，没有了结婚前的那份浪漫或心动，有的只是平平淡淡的生活，似乎每天都在重复着同样的事情。于是，悲剧发生了，原本幸福的家庭开始破裂……可是某一天，这些人却突然醒悟，还是原来的家好，这时候他发现曾经"习惯了"的事物是多么美好。再比如风景，人们也常说"熟悉的地方没有风景"，果真如此吗？熟悉的地方其实也有风景，之所以看不见，就是因为"习惯了"。就拿家乡来说吧，你从小在家乡长大，对家乡的一草一木都非常熟悉,你习惯了家乡的一切,于是,你去了别的地方旅游,你去了别的地方休假,在你的眼里家乡变得很普通。可换作外地人,比如对你家乡不熟悉的人呢？在他们看来,你的家乡未必是你眼中那样平淡无奇。之所以会出现这样的情况,原因就是你习惯了。尽管你觉得你的家乡不怎么样,但你无论走到哪里,你的家乡永远都是你的家乡,你改变不了这个事实。

　　问题的关键,或许不是习惯本身,而是我们内心的想法。如果我们能够时常用一颗"新"心去看身边你已经"习惯了"的事物,或许,处处都是风景,处处都是美好的去处。而人与人之间的交往,也会变得越发美好。因为,我们在用一双"善于发现"的眼睛观察我们的生活。正所谓,世界并不缺少美,而是缺少发现美的眼睛。

（本文写于2009年3月28日）

远　方

远方，总是美好的。

长江给我留下比较完整的印象最早来自刘白羽先生的《长江三日》。那是一篇非常优美的文章，字里行间表达了作者对祖国大好河山的由衷热爱和赞美之情。读完之后让我对长江有了向往，我渴望快快见到长江，一睹长江的全貌。在无数个梦里，长江给我带来了快乐和奇思妙想，充满神话色彩的神女峰、让人有畏惧之心的夔门、云蒸霞蔚的清晨……那时的长江离我似乎很遥远。

然而，第一次见到长江后，我却非常失落。那是一个夏天，我到县城参加高考，县城就在长江南岸。远远地，我便看到了滚滚东去的长江，但浑浊的江水将我曾经对她的好印象一下子冲散了，梦中的青山绿水不见了。我甚至萌生了一个想法，将来从事与水土保持相关的工作，让长江之水一如我梦中那样清。

多少年后的一个冬天，我再次去到县城，这一次，我看到了梦中的长江，那水，竟是那么清，碧波荡漾、百舸争流。站在船上，欣赏着波澜壮阔的长江，一种从未有过的幸福感在心头缓缓升起。

远方，一开始总是美好的，是完美无瑕的。但在经历了一番浮沉之后，往往需要一种坚持、一种韧性，直到某一天，蓦然发现，远方虽已不再是远方，但却美好更胜当初。

（本文写于2009年6月2日）

浅谈人生中的三道茶

晚上，忙完了一切，坐下来将最近买的龙井茶泡了，慢慢品尝。

三道茶过后，我若有所悟。

第一道茶，微苦。茶叶第一次遇到水，或许是对水不适应，或许是为了适应在水里的煎熬，传递给人的是微苦的味道。这就似人生的开始，初入社会，对社会认识不深，也还没有准备好去适应社会，但却不能逃避，逼着自己去适应，于是，就要吃苦，就要经历磨难。

第二道茶，苦亦不苦，甜亦不甜，处于苦和甜之间。在经历了第一道水的浸泡之后，茶叶已经开始适应水了，可以与水和谐相处了。这就好比人在经历磨难之后，在经历世事的历练之后，慢慢对人生和社会有所感触，对世事也有了较为真切的认知。但这个时候，往往也是最让人感到寂寞的时候。因为相对于前一阶段，那种激情满怀、无所畏惧、青春年少的时光已成过去，但成功却还没有到来。这个时候，有的人耐不住寂寞，或者自暴自弃，或者半途而废，以致后来功败垂成。所以，一个人要想走向成功，一定要在最平淡的时候不忘初心，继续保持先前的那股子激情，勇往直前，只有这样，才能走向后来的成功之路。

第三道茶，初尝微甜，又尝甚甜，再尝甘甜。茶叶经过了前两个阶段的浸泡，已经充分泡发，其香已完全散发出来，与水已经不分彼此了，故而，茶进入口中越尝越甜。这好比人生经历了早期的辛勤磨砺、中期的蓄积力量，已经走向了功成名就，这个时候的人，是幸福的。回首往昔，总会感慨万千，但细细回想曾经走过的路，心中充满幸福和豪情。所谓苦尽甘来，就是这个时候。

或许，有人还说有第四道茶，如果真要说这第四道茶，其实已经没有了什么味道，要说有味，那也是回味。所以，在前面三道茶的时候，要用心去品、用心去尝，以便在喝最后一道茶的时候，不那么平淡无味，而是可以有更多的回味。当回味到一定程度，就可以结束这喝茶的过程，潇洒离去了。那是一种怎样的洒脱！

生活，需要用心去经营，不要畏惧暂时的困难，每个阶段都有每个阶段的特点，只有每个阶段都经历了，而且是用心经历了，在夕阳渐渐西下的时候，才可以坐在海边，抑或是溪边，抑或是院子里，看庭前花开花落，望天上云卷云舒，回忆着一生中的那些美好时光。

（本文写于2009年7月12日）

何谓幸福的生活

什么样的生活能让人快乐和幸福呢？相信每个人都有不同的答案。但毫无疑问，温馨的生活就是幸福和快乐的生活。

温馨是繁忙的大都市的公交车上那一次次难忘的经历。是急急忙忙赶上公交车，却发现公交卡已余额不足，翻出钱包，却发现钱包里没有零钱。你拿着一张十元的纸币，希望有人为你换零。就在你焦急万分的时候，一个陌生人对你说：哥们儿，来，我这儿有零钱。抑或是大雨倾盆，你刚好跑到公交车站，却发现你希望赶上的那趟车已经开出去五六米远，而你的招手，换来了这辆车为你停留。抑或是你抱着孩子上了公交，却发现车上人满为患。就在你想着在哪里找个支点好站稳的时候，从几个方向传来了"过来坐这里"的声音。当然，有时情况也许恰恰相反，你就是那个让座的人，而坐上你座位的那个人对你一遍遍地说着"谢谢"。城市的公交车，每天来来往往，多少陌生的人擦肩而过，但人与人之间的那份真情，虽然不易察觉，却实实在在地存在着。

温馨是朋友们的关心与问候。你和你那老伙计已经有一段日子不联系了。最近，你的工作压力也很大，生活中也遇到了很多不开心的事情，你的心情很差。这个夜晚，你独自一人无聊地玩着手机或者喝着闷酒。这时候，一个电话打来，你的心不禁一颤，是谁呢？拿起电话一看，原来是老伙计啊！于是，你们推心置腹地聊了个酣畅淋漓。你的倾诉，他的倾听；你的烦恼，他的开导；他的爽朗，你的开怀大笑……打完电话，你一遍又一遍回忆着刚才老伙计在电话那头说的话，一个人傻笑起来，甚至频频点头，乃至于有点不好意思。那一次，你在离开老家许多年后回到老家，那个晚上，你老家的朋友们闻讯赶来与你相会，为你举杯洗尘，满满的酒杯里盛满真切的祝福，临走时，还让你捎上老家的特产，把你送到车站。

温馨是亲人的牵挂。冬天，老家大雪纷飞，路上积雪，老父亲从遥远的故乡挑着腊肉，踏着厚厚的积雪，乘坐汽车，来到遥远的南方。你年纪轻轻，却没有回家。老父亲年过六旬，千里迢迢来看你。你们相见，举杯相碰，酒杯里盛着千言万语，你懂，老父亲也懂。你工作了一天，拖着疲惫的身子回到家，孩子正在吃晚饭，见你回来，跑过来要你抱。你抱起他，他在你的脸上印下几个吻，你看着孩子，疲惫早已烟消云散。也许这天你下班已经很晚，但走到门边，发现屋里的灯还为你亮着，孩子已经睡着了，妻子和老妈静静地坐在客厅，妻子在看书，而老妈在整理着刚收的衣服。时候已经不早了，她们这是在等你。你走进屋来，她们不约而同地问："还吃不吃？"某个下午，下起雨来，雨水顺着玻璃，哗啦啦地流个不停。你心里想："亲爱的这时候在忙什么呢？"就在这时，你的她给你发来了一个"亲亲"的表情，你体会到了什么叫作心心相印，什么叫作心有灵犀。

温馨是工作遇到困难时，领导关怀的眼神和鼓励的话语，是同事间的鼎力相助。你曾经遇到过一件棘手的事情，一时解决不了，你急得眉头紧锁，抓耳挠腮，感觉压力很大。就在这时，领导走过来，问你原因，并告诉你："放心去干吧，出了问题我担着。"顿时，你卸下了沉重的包袱，倍感轻松，从而顺利完成了任务。还记得那一次，你要负责一个大的项目，因为时间紧，一个人忙不过来。你正在发愁，这时，你的同事走过来，拍拍你的肩膀，问你怎么了，你说明缘由。"你怎么不早说？"对方的反问让你喜出望外。

事实上，只要我们拥有一颗感恩的心，并将自己从烦琐的事务中解脱出来，然后用感恩的心去回忆、去体会，我们就能感受到无穷无尽的温馨，那些温馨时刻，共同织就幸福的生活。

（本文写于2013年6月25日晚）

树的境界

> 近来，笔者在读刘亮程的《一个人的村庄》的时候，被其写作方式深深吸引，也为作家的写作技巧和作品本身包含的思想所打动。受作家的启发，遂提笔写了这篇《树的境界》，算是对作家的一种致敬，也记录了自己的思绪。
>
> ——题记

树，对我们而言，是那么熟悉，无论是路边的树，还是山上的树，乃至室内的盆景树，随处可见。在我们的印象中，树似乎无处不在，它们普通得不能再普通，我们甚至经常从一些树旁经过，但如果有人问你某地方的某棵树有什么特点的时候，你却哑巴了，你的脑海中一片空白，就像没见过那棵树一样。实际上，我们真的了解树吗？

一条山路上，长着许多树。它们有的长在路边，有的离路远一点，但有一些树，却长在了路中央。每当遇上这样的树，人们就会毫不犹豫地拿来柴刀或是斧头，一番"刀光斧影"之后，这些长在路中间的树便纷纷倒下。它们也许永远不明白挨那一刀或者一斧子的原因——它们长错了地方，挡住了人们的去路。然而，人们又怎么能想到，是他们自己走错了路，走进了树的世界，却把这责任全推给了树。事实上，在树看来，那里并没有路，那里是它们的世界，它们想怎么长就怎么长。有时候，我也会想，到底是树挡了人要走的路，还是人无情地剥夺了树生长的权利？

然而，树和人不一样。人在一个地方遇到了麻烦，下次就会绕着走。而树却表现出了难以理解的执着，它们真正兑现了那句"在哪里摔倒，就在哪里爬起来"的豪言壮语。第二年春天，被砍掉的树又在原地重新发芽了。它们迎着春风，趁着人还没来之前，使劲儿地长，拼命地长，长得比原来更高也更强壮。当人再次看到它们时，它们已经长得高过了人。于是，它们又遭到了砍伐。但即便如此，只要根还在，它们就会重复着生长，永不言弃。直到某一天，砍伐它们的人已经离开了这个世界，或者去了远方没有回来，它们终于战胜了人，取得了属于树的胜利。有时候，人总是嘲笑树，认为树的生命力再顽强，遇上了人和刀，也只有倒下去的份儿。殊不知，在经历了多年的"死去活来"之后，树最终战胜了人，而嘲笑它们的人，却不知去了什么地方。与树相比，人的时间总是有限的，而树却有的是时间。所以，人真的是斗不过树的，除非你把树的根挖掉，但谁又能保证真的可以把树的根完全、彻底地挖掉呢？

在生活中，我们经常会看到一些人爬到树上去拍照，这些人希望通过把树踩在脚下来显示自己的高大与威猛，还有一些人甚至爬到树上向下撒尿，并引以为豪。对于这些人的行为，树选择了默默忍受，它们一言不发。可那些人并不知道，在树看来，爬到上面去的人和猴子无异，对树而言，人只不过是穿着衣服的猴子。而另一些人喜欢在树和树之间绑一个吊床，然后躺在上面睡觉，感觉很享受。是的，这是会很舒服，但那绳索却紧紧地勒在树的身躯上。即便这样，树依然选择沉默，一声不吭地承受着一切，它们甚至还把绿荫遮到人的身上。想到这里，我不得不佩服树的伟大，它们真的是以德报怨的典范。

　　由此观之，树是舍得给予的，而且不计回报。就拿板栗树来说吧，曾经我老家的山梁上有一棵板栗树，每到秋天，它都会结出沉甸甸的板栗。人们便拿着棍子，将树上的板栗打下来，吃得津津有味，还眼巴巴地望着树说："今年这棵树又结了好多板栗。"在人的眼中，板栗树就是为满足人的胃而存在的，是为人服务的。而人为了得到板栗，丝毫不会怜惜树的叶子和枝条，一顿乱打下来，板栗全部掉在了地上，而树也被打得遍体鳞伤，活像一个犯了错被打得皮开肉绽然后被赶出家门流浪荒野的长工，狼狈不堪、丑陋至极。可人们是否想过，树辛辛苦苦忙活了一年，经历了多少次风吹雨打，才长了一树的板栗，人毫不客气地就占有了它的果实。抢了它的果实不说，还把人家打得遍体鳞伤。我们不得不承认，人真的很残忍。如果把树换作人，我相信没有哪个人能够忍受得了。但我们都知道，树把这一切都忍下来了。它虽然看起来像个破落户，变得一无所有，但它却没有一丝的责备，它只是平静地看着人的所作所为。其实，在树看来，人的行为和松鼠或小鸟没有多大差别，如果要说差别，就是小鸟不会一次把树上的板栗吃个精光，而松鼠也不会让树遍体鳞伤。在树看来，人其实是可怜虫，人习惯了索取甚至期望不劳而获，而很少能够像树那样慷慨地给予。

　　按理说，跟长在山野间或者城市里的树相比，被人养在室内的盆景树应该感到悲哀，因为它们时常见不到阳光，看不见天空，也没有春风雨露的滋润。但树之所以是树，原因就在于它不会因为被剥夺了自由就自暴自弃，它始终保持着树的本色。在室内，它顽强地生长着，吸收着二氧化碳，释放着氧气，为美化人的生活环境默默地付出着。实际上，人应该感谢树才对，应该把树放在心中很高的位置。然而遗憾的是，又有几个人这样做呢？不仅不这样做，反而认为树不过就是用来做装饰的，用不着重视它。其实，人只看到树点缀了他的生活，却没想到自己不知不觉中已经给树做了一回奴仆。每天早上，人都要给树浇水，给树擦去叶片上的灰尘，还期待树能给人带来好运气。所以，要说可怜的，那绝对不是树，而是"高高在上"的人。人以为自己奴役了树，把树囚禁起来专门为自己服务，可到头来，自己却一不小心成了树的"奴仆"。试问，人又有什么资格在树的面前故作清高呢？

关于人不如树的例证还有很多，譬如冬天的时候，人需要穿很厚的衣服，而树却什么也不需要穿。不仅如此，北方的树更厉害，一到秋天，它们便褪去所有的树叶，以铮铮铁骨迎接冬日的寒风。再譬如人累了就要躺下睡觉，但树从来不这样，它们不仅不睡觉，而且从来不觉得累，每时每刻都将最生机勃勃的一面展示出来。要树躺下，除非它被大风刮倒或者被人砍倒，否则，即便是生病了，它们也会气宇轩昂地昂首挺胸。

（本文写于2013年11月12日深夜）

拜谒岳飞墓的感悟

2014年5月,我第三次来杭州,并抽出一点时间去拜谒了岳飞墓。

第一次来杭州,是在2005年的夏天。第二次是在2011年的秋天。这两次,虽然也来了杭州,但却非常遗憾地错失了拜谒岳飞墓的机会。从第一次来杭州,到第三次去岳飞墓拜谒,中间居然快十年了。

这次有幸一睹岳飞墓的真容,并拜谒岳飞墓,终于了却了我的一桩心愿。

在我的心中,岳飞一直是个大英雄。他的那首《满江红》,我可以倒背如流,可谓烂熟于心。在高中的时候,我便读了《岳飞传》,从那时候开始,我便对岳飞崇敬有加。后来知道杭州有岳飞墓,更是朝夕盼之,期待有朝一日能够站在岳飞墓前,遥想英雄岳飞当年的英姿。

冥冥之中,机缘未到。而机缘一到,自然是水到渠成。

2005年,我尚未毕业,还是一个学生,兜里的钱都是父母挣来的,舍不得花,故也没有去问门票到底多少钱,只是从岳飞墓的门前走过,向岳飞墓致以崇高的敬意,投以敬仰的目光。

到了2011年，因工作去杭州开会，但由于安排比较满，而且住的酒店也离西湖比较远，会议一结束就打道回府了。我依稀记得，那次到了杭州，我一心想着，要是有时间，就去看看岳飞墓，看看于谦墓。但工作原因实在抽不开身，非常遗憾。

今年5月，我有机会再赴杭州，而且就住在岳飞墓旁边的一个酒店，所以，完成工作之后，我抽了半小时的时间，实现了这个愿望。我怀着无比崇敬的心情，瞻仰了岳飞墓，并在岳飞墓前虔诚地鞠了一躬，以示敬意。同时，为了记录这个用十年时间才实现的愿望，我在岳飞墓前留了影。作为一名中华儿女，站在岳飞墓前，我为祖先的英勇善战而自豪，也为岳飞及其儿子岳云的不幸遭遇深感惋惜。但历史不能重演，在缅怀古代圣贤的时候，作为21世纪的中华儿女，我们应该尽自己的一份力量，去建设自己的家园。我知道，我今生都无法达到岳飞那样的成就，只能做一个普普通通的老百姓，岳飞对国家的忠贞与担当是值得我们学习的，也必将对个人的人生观、价值观产生积极的影响。我没有资格去对岳飞的功过是非进行评判，站在岳飞墓前，我只有发自内心的敬佩。我只想说：做人，就要活出真正的自己，岂能因结果论英雄！只要对得起自己的良心，对得起大多数人，就足够了。人，活在世上的时间，最多不过百余年，绝大多数人都将在历史长河之中重归寂静，只有极少数人能够在历史长河中留下自己的印记，比如岳飞。同时，任何人都无法做到对得起所有的人，即便岳飞也是如此。

（本文写于2014年5月27日）

匆匆那年，我们丢了什么

今晚，我和妻子一起去看了由彭于晏和倪妮主演的电影《匆匆那年》。去的时候，我们犹豫再三，最后决定骑着自行车去中影国际影城。然而，当我们看完电影出来，自行车已经不知去向，准确地说，自行车已经丢了。本来，我们准备打车回家，但最后决定走回去。

虽然这辆自行车才三百块钱，但丢了，我们心里还是有一种失落感。一方面，自从买了自行车之后，少走了很多路；另一方面，因为经常骑，慢慢也对它产生了感情。妻子很自责，说都怪她，要不是她要骑车也不至于丢了。我说："这不能怪你，临走时，我也是犹豫再三才骑的。或许冥冥之中本就是要丢的。有时候，失去也是一种福。你看，今晚丢了自行车，我们便可以一起走回家，这多好啊。今晚我们一起走的路可能是毕业八年以来一起走的最长的一段路了。同时，因为这件事，让我们有了新的感悟。这是值得的。"

一路上，我把妻子的手塞进我的衣兜里，我背着她的包，慢慢往家走。我们互相打趣说，《匆匆那年》讲述的是一个失去之后不会再回来的故事，而这自行车丢了，其实就是为了让我们更深刻地记住，拥有时要懂得珍惜，一旦失去，就真的不会再回来了。是的，很多东西都是这样，只有失去了才知道心疼。就在我停放自行车的时候，妻子还在说会不会丢，我说："丢了就丢了，不就三百块钱嘛，怕啥！"结果，真的就丢了。如果我多在乎一点，它或许就不会丢了。然而，世界上哪有那么多的如果，失去了就是失去了，丢了就再也找不回来了。我对妻子说，咱们也要好好珍惜当下，咱们从学生时代一路走来，多不容易啊，等将来头发都白了还能陪伴在彼此左右，那是多么幸福的事。妻子对我的看法表示赞同。我们的手握得更紧了。

不知不觉中，我们已经走到了家里。路，其实不长，甚至很短。人生，看似漫长，其实也很短。仔细回想，匆匆那年，我们丢了什么？是的，我们丢了一辆自行车，但我们收获了新的感悟，我们的人生又有了新的升华。所以，无论是今晚的这场电影，还是自行车丢了的这件事，都是值得的。因为，它们都不约而同地让我们更加懂得珍惜彼此，也更加懂得珍惜当下。

（本文写于2014年12月13日晚）

路，只有走了，才知道有多远

很久以来，一直有个想法，便是下了班走回家，这个愿望在今日终于成为现实。

今日能够成行，首先要感谢妻子。近日，他们公司正紧锣密鼓地开展内部竞聘，由于参与竞聘的人数多，导致会程较长，故决定今晚加班开展竞聘。由于妻子也是评委之一，所以，她不能按时下班。我心想，既然她不回家，我一个人回家做饭也无趣，索性在外面吃了晚饭走回去。下班后，我在公司附近吃了便餐，然后，就徒步往家走。

我是不到六点半从公司附近出发的，走回家还不到七点。算起来，用时没有超过三十五分钟。而且，我走得很慢，可谓安步当车。然而，一路走来，思绪纷纷，也体会到了走路的好处。

前些日子，去称了体重，着实把我吓了一跳。一年没有称体重了，居然比2014年年初增加了五公斤。我做梦也没有想过，自己的体重会这么快就上了七十公斤。回想近几年，尤其是做了父亲以来，我的运动量越来越少。借口很多，其中最充分的借口就是太累了、不想动。但想着按这个速度发展下去，再过一年半载，或许就要上七十五公斤了，心里就有些后怕。在公司，有时候爬两层楼梯就感觉有点胸闷、气短。虽然已过了而立之年，但也才三十出头，却这么不经累，便有些惶惶不安。常言道："居安思危，有备无患。"趁着还没有迈入七十五公斤，赶紧"刹车"，或许能亡羊补牢，犹未晚矣。

一直以为，上下班的路如果完全靠走的话，或许要很久，但在心里，却没有一个准确的数值。在今日之前，我上班都是从家里走到地铁站，约十分钟，然后乘坐一站地铁，出站后再走十分钟，前后差不多半小时。如果地铁上人多，偶尔还要再等一下，但一般也就三十多分钟，不会超过四十分钟。

今晚下班后的这次徒步，让我切实感受到了步行的好处。首先，我不必担心因为人多拥挤而一时半会儿上不了地铁，也无须为了坐地铁而进进出出地铁站。一个人行走在宽阔的人行道上，轻松、惬意且自由。放慢脚步，放开思绪，放松心情，看车水马龙，赏万家灯火，虽一路走来有几处红绿灯，但这恰好给了我稍作休息的时间。更为重要的是，经过这次步行，让我切实丈量了一回上下班路的距离。原来，看似遥远的路，经过这么一走，其实也用不了多少时间。全部步行的话，并不会比中途坐地铁上下班的时间多多少，走得快的话，甚至可能比坐地铁所用的时间还要少。

广州的冬天，真的是一个步行的好时节，不冷也不热，即便走半小时，也不会汗流浃背。所以，步行上下班，既锻炼身体又无须挤地铁，确实是一举两得的好事。更何况还把车费给省了，更低碳，更环保，何乐而不为呢？所以，以后是要多走路了。

经过这次步行，我深刻地体会到：路，只有走了，才知道到底有多远。

很多事情，也只有去做了，才知道到底难不难。事实上，很多事情，想象中很难，但真正动手去做了，就会发现其实并没有那么难。

（本文写于2015年1月6日晚）

克服恐惧的良方

今天是世界读书日。然而,我已有一段时间没读书了。不读书的日子,心里空落落的,有一种莫名的恐惧感。这种恐惧感就如幽灵一般钻进我的心里,啃噬着我的思绪,让我心生迷茫,找不到前进的方向。更让我苦恼的是,我找不到一个可以有效消除它的办法。思来想去,也许只有读书这种方式可以消除这种恐惧。

沉浸在书的世界里,便感觉天下太平,外面的喧嚣离自己很远,而自己正在汲取营养,前方的路,即便再难走,也多了几分把握。徜徉在书的世界里,便感觉自己在与良师交流,与益友对话,聆听其教诲,并收获感悟。如果读的是一部小说,则可以平静面对书中世界的风起云涌和人物的悲欢离合,便觉得自己是个自由的人。通过读书,知道自己还没有认输,还在加油充电,还在努力去寻求改变,便觉得自己是个有梦想的人。每当这时,那种莫名的恐惧便消失得无影无踪,我的身心则处于完全放松的状态。但这种恐惧其实并没有离开,它只是躲得远远的,在某个角落里窥伺着我,寻找着重出江湖的时机,一旦时机成熟,它就会卷土重来,直击心灵,像病毒一样肆意蔓延。但只要手中有书，恐惧便失去了进攻的机会。从这个意义上说，读书是克服恐惧的良方，是将恐惧隔离在千里之外的城墙，是消灭恐惧的利剑。

从功利的角度来看，古人所谓"书中自有颜如玉，书中自有黄金屋，书中自有千钟粟"是有道理的。回想自己的人生经历，难道不是这样的吗？因为读书，我结识了现在的妻子；因为读书，我有了一定的知识储备，从而获得了一份工作；因为读书，我积累了一定的物质基础。可以说，是读书改变了我的命运。所以，无论如何，我都得感谢书本，是它给了我知识，给了我力量。当然，我更应该感谢为我读书创造条件的父母以及教我如何读书的老师们，没有他们的无私付出，我就不能去读书，更谈不上把书读好。当然，从现在来看，我的书读得也并不是很好，只能说是差强人意。"书山有路勤为径"，读书的事情不能停歇，无论何时，无论何地，都不能丢了读书的习惯，更要养成爱读书的好习惯。

撇开功利的想法，读书其实也是一种生活态度。我们不能期待通过读一两本书，就取得立竿见影的效果，这是不现实的。常言道："一口吃不成个胖子。"读书是慢功夫，讲究的是持之以恒、日积月累，然后融会贯通，最后才有"于无声处听惊雷"的效果。荀子《劝学篇》有云："不积跬步，无以至千里；不积小流，无以成江海。"读书就是一个积跬步、积小流的过程。坚持每天读一点，时间久了，当你再回头，便会发现自己已经走了很远，而曾经的小溪已然成为一片江海。作为一个靠文字吃饭的人，读书于自己，就好比汽油于汽车，草料于骐骥，血液于生命，是不可或缺的。所以，任何时候都不能放缓读书的节奏。然而，这次去上海出差，我却犯了一个低级错误：登机后才发现自己没有带书。其实，这时候是最好的读书时间。因为坐在飞机上，没有任何人打扰我，我也不需要做任何事，如果有一本书，我就可以全身心地投入书的怀抱中。此时的读书效率是最高的。然而，往返于上海和广州之间的四个小时，却因为没有带书被浪费掉了。现在回想起来，多么可惜，多么遗憾。

读书，其实并没有那么难，只要我们把读书当成一种生活的方式即可。当读书成为一种生活方式，成为一种自然而然的习惯，成为生活的一部分时，如果哪一天没有读书，家里便像少了个人儿似的，总想着把他找回来。而读一本好书，如饮甘露，如品佳酿，如尝美食，如遇知音，令人心旷神怡，感觉活着真是一件美好的事。

（本文写于2015年4月23日世界读书日之夜）

与庸俗不堪的自己说再见
——读《由骑自行车的男人的快乐想到的》有感

今天打开163邮箱,在发件箱里发现了这篇八年前写的文章(《由骑自行车的男人的快乐想到的》),细细读来,思绪纷纷,深感惭愧。

首先,八年前的我能写出如此有思想的文章,现在却无暇写文章,即便写,也难以写出这么细腻的文字来。从这篇文章里,可以看出当时的我,善于观察,善于思考,而且还喜欢读书。但现在的我,每天上下班行色匆匆,没有了观察,也没有了思考。很多的时间,都被手机占据了。一个人没有了思考,没有了学习,便会慢慢地失去斗志、失去自我、失去方向,最终变成一个失败的人、一个空洞的人。每天如行尸走肉,没有了灵魂。这样的人生,难道是我要追求的吗?对比八年前的自己,真是无地自容,愧对曾经的梦想。

其次,八年前的我,心里对妻子的感情是那么纯粹,一切都是为了她好。尤其是这段话——"女人是需要希望的,你要让她看到希望。女人是高贵的,你要让她感到被尊重。女人需要浪漫,你工作再忙,也不要忘了与她一起出去兜兜风。"现在读来,心里第一感觉就是写这番话的人多么幼稚,仿佛不是自己写的。但冷静下来，却觉得当年的自己是多么纯真，现在的自己是多么不堪。当年，我们几乎一无所有，即便在那么艰苦的条件下，我们也可以过得很快乐，两个人如胶似漆，惺惺相惜。如今，我们的收入与刚毕业时相比，翻了不知多少倍，条件改善了许多，但当年的那份爱却少了。其实，那是多么宝贵的东西。扪心自问，现在的我对得起自己曾经写下的这段话吗？面对自己心里的答案，我不寒而栗。我们每天忙于工作，回到家，也是一大堆家务事，忙完这些，已经是晚上十点。可就剩下这点时间，我还用来看电视或者上网。即便周末，我们也是按部就班地做着各种琐碎的事情。我甚至因为自己的固执己见还与妻子发生争执。对照曾经的自己，我无比惭愧。我怎么就变成了这么一个麻木不仁的人呢？

　　曾经的我，对梦想无比执着，对未来充满希望。且看这几句话："生活属于强者，做个强者不容易，但止步不前就意味着终将被生活抛弃。""正因为做强者不容易，所以做成了强者，才知道生活的甘甜。""有梦想，就要去追求。因为太爱她，所以我得让她幸福，不能让她跟着我受苦受累一辈子。为此，或许我要付出很多很多，但我无怨无悔。"这几句话，多么掷地有声，多么义无反顾，多么充满正能量！将这几句话与现在的自己进行对照，一种深深的愧疚感让我对现在的自己打开了批判的闸门。反思现在的自己，正在一步步变得平庸和懒散，因为没有了对梦想的执着追求，从而慢慢放松了对自己的要求，以至于不能严格要求自己。现在的我，书可以不看，梦想可以不想，与孩子的交流可多可少，连浪漫也不再觉得重要。而另一方面，手机却是时时都看，慵懒和漫无目的占据生活的每个角落，曾经的赤子之心渐渐淡忘。一句话总结，现在的我在应付生活。我想，如果我应付生活，生活也一定会应付我；如果我忽略了梦想，梦想也一定会忽略我。唯有还生活以真心相待，生活才会还我以五彩缤纷；唯有还梦想以执着，梦想才会还我以硕果。

改变，必须从现在开始。与那个庸俗不堪的自己说再见吧！找回八年前那个怀揣梦想且天真烂漫的自己，找回曾经的赤子之心，认真对待生活，给现在的生活来一次全面的体检，清除那些不健康的生活方式，还生活以真诚、真心、真意，打造健康、积极、有希望的生活方式。具体来说，第一，就是要坚决彻底地与手机里的娱乐功能决裂，手机的功能仅限于打电话、发短信。第二，把时间腾出来用于读书、学习、思考。第三，坚守与妻子的爱情，为平淡的生活增添色彩，让婚姻美丽浪漫。第四，对孩子要有更多的耐心，有付出才会有收获，要想孩子不让自己失望，首先自己不能让孩子失望，也不能对自己失望。第五，对待任何事情，都要说做就做，不拖沓，不懒散，立即行动。做好以上五点，不定期反思自己的行为，不断改进，努力做更好的自己，无悔青春，无悔人生。

（本文写于2015年11月10日）

从病痛中走出，怀揣梦想上路

正月初六，我偕妻子自湖北老家至广州，满满一天行程，却也颇为顺利。然初七，一场病突如其来，让我猝不及防，以致2016年的情人节过得有始无终。在陪妻子逛完商场，看完电影后，因持续高烧，不得已卧床休息。傍晚时分，我强撑就医，诊断为病毒性肠炎，时已烧至四十度，伴随呕吐、腹泻等症状。然每念及初八为新年的第一个工作日，我便更加焦急，盼病尽快好转。

第二日，虽病体略有好转，但依然四肢乏力，持续高烧。迎着阵阵冷风，我坚持到了公司。在开完新年的第一次例会，完成集团领导到各部门拜年的活动摄影后，我便请假离开公司，直奔诊所，接受进一步治疗。

晚上，妻子在结束一天的工作后回到家，给我带回了退烧药、橘子罐头和草莓。我躺在床上，她一边和我说话，一边给我喂着橘子罐头和草莓。那一刻，一个大胆的想法在我脑海中诞生，我要去创建一所全新的医院，让每一个患者都能得到亲人般的呵护和关怀。深夜，我安然入睡，高烧慢慢退去。至天亮时分，我感觉全身已无痛感。我开心地对妻子说："我的病已经好了！"

今日，是公司自新年以来的第二个上班日，但对我而言，应该是第一个工作日。自去年以来，我开始步行上班。今天，我又重启步行模式。一路走来，脑海中那个梦想越发清晰起来。我告诉自己，虽然每天都走着同样的路，但每一天走在这条路上的自己都必须是一个崭新的自己，一个不断进步着的自己。我把今天作为丙申猴年的第一个上班日。相信从病痛中走出的我，有梦想陪伴，有爱人相伴，有朋友帮助，人生的路会越走越宽、越走越好。

（本文写于2016年2月19日）

听，茶醒的声音

今夜，万籁俱寂，远方偶尔传来汽车的呼啸声。鱼缸里的水静静流淌，鹦鹉鱼悠然自得地游来游去……这样的夜晚，最开心的莫过于泡上一壶茶慢慢打发时光。

在诸种茶中，我最爱的茶当属铁观音。铁观音没有绿茶一样鲜艳的外表，也不会像普洱茶那般发苦，但却深谙中国传统文化中的"中庸"之道。同时，铁观音不像绿茶那样喝了容易让人太过于兴奋，也不像普洱茶那样茶性较热，它的"中庸"，正是我所需要的。

晚上，泡上一壶铁观音，慢慢自斟自酌，别有一番雅趣。茶汤清香而甘甜，颜色则是金黄色，像极了故乡晴日里傍晚的余晖。喝在嘴里，甜在心里，美在梦里。

我们都知道，茶叶被采摘后，经过加工，成为成品，然后被封入包装，运到天南地北，走进千家万户。在茶叶被装入包装袋之后，它们就像冬眠了一样，进入了睡眠模式。直到有一天，它们遇见了水。

我洗净茶壶，将茶叶放入茶壶中，然后倒入开水，就在茶叶遇见水的那一刻，眼前的情景打动了我的心，我明显感受到了某种特别的东西。

只见茶叶如一朵朵含苞待放的花蕾，在遇见水的那一刻，相继绽放开来；它们又像一群刚刚睡醒的孩子，伸着懒腰，那张开的不是叶子，而是一双双渴望拥抱的手臂，让我不由得心动。

我闭上双眼，脑海中一遍遍地浮现着茶叶醒来的画面，我仿佛置身于茶壶之中，与茶叶融为一体。我看见它们一会儿浮上来，一会儿又沉下去，有的探出头来看看然后又缩了回去，有的仿佛是从人群中挤出来找那个来迎接它的人，有的像极了调皮的孩子在爸爸妈妈的身上爬上爬下，活泼、可爱又淘气。

那一刻，我仿佛听到了茶叶醒来的声音。那是一种怎样的声音？那声音仿佛是从茶叶的故乡传来的，咫尺而又悠远，淡雅而又质朴，空旷而又神秘，似一滴小水珠落入池中，似一只小松鼠跃过树梢，似一束晨光落入凡尘，似一个遥远的故事走进心间……

我终于明白，要听到茶醒的声音，用耳朵听是听不见的，你必须用心去听才可能听见。事实上，仅仅用心去听还不一定能听得真切，你还必须心如止水。听到茶醒的声音，是一种怎么样的体验？那是久别的恋人喜相逢，是久旱的大地遇甘霖，是枯朽的草木遇春风，是一段新旅程的开始，是一次生命的重生！

在这个喧嚣的世界，在这个充满竞争的时代，我们要学会让自己的心静下来，要经常去听听自己的心跳，经常问问自己，我们到底在追求什么？我们将往何处去？哪些是我们要坚持的？哪些又是我们应该放弃的？茶叶有第二次生命，我们有吗？珍惜每一个日子，让我们的心能经常听到茶醒的声音。虽然每个人的生命只有一次，但我们却可以把每一天过得有意义、有价值、有活力，就如茶叶那样，在遇到"水"的那一刻，让我们的生命呈现精彩。

（本文写于2016年5月13日凌晨）

我想要的生活

正式入住东荟城后，感觉生活的节奏明显加快，每天神经都绷得紧紧的，以至于整个人都变得不够沉稳，也不够从容。

我喜欢看书，喜欢写作。然而，每天回到家已是七点，待吃完晚饭，运动、洗漱完毕，已是九点半，到了孩子睡觉的时候，我也不方便坐在书桌前写写画画，以至于也没时间去干自己喜欢的事情。

我喜欢做菜，喜欢做颜色鲜艳的菜肴。做菜的时候，我看见鲜艳的食材，一天的疲劳就会烟消云散，紧绷的神经也会松弛下来。而一桌色香味俱全的晚餐，也可以增强食欲，让我大快朵颐。这与我对待生活的态度是一致的。我希望生活多一些色彩，这样，会感觉生活丰富多彩，有滋有味。

我喜欢煲汤，喜欢煲那种味道既醇厚又鲜美的汤。我不喜欢大杂烩，因为各种食材会相互冲突，难以调和。其实，人与人之间也是一样，不同性格的人在一起，难免会有冲突。所以，要煲一盅好汤，必须保证食材的纯粹。

写到这里，突然想起还没搬到东荟城时，我每天晚上都要泡一壶铁观音，然后慢慢地喝。我还因此而写了一篇《听，茶醒的声音》。那段日子，是我内心最平静的时光。我静静地品味生活的滋味，感受心的宁静。

或许，是我太追求完美，太在乎一些生活的细节，我一方面追求生活的多姿多彩，一方面又希望保持内心的平静，然而，这无形之中却提高了我对生活的要求。可是，这就是我想要的。

初入东荟城，或许还有太多的不习惯，就好比一些东西的摆放，也还没有物归其位，以至于要找它们的时候，就需要花一番工夫。我想，要重新找回曾经那种夜半品茶的心境，或许还需要一段时间。

（本文写于2016年6月30日）

享受孤独

　　每个人，都有孤独的时候，但每个人面对孤独的方式却不一样，而不一样的面对方式，又会导致完全不一样的人生。这就是孤独的魔力。孤独，可以成就人生，也可以消磨人生，甚至毁掉人生。

　　当我们孤独时，我们可以充分利用这段时间来独立思考，反思走过的路是否有不足的地方，或者思考未来的路该如何走；也可以找本书，一个人静静地阅读，或者找来纸笔写写自己的所思所想。事实上，孤独的时候，听听舒缓的音乐也不错，泡上一壶茶慢慢品也不错，看看远方的风景也不错。孤独的时候，听听自己的心跳，问问自己到底在追求什么，自己的梦想是什么，自己打算走向何处……当我们学会面对孤独，我们的人生就会得到升华，我们的价值就会不断提升，我们的思想也会日渐成熟，成功于我们而言，也就只是时间问题了。

　　相反，如果感到孤独的时候，就将自己沉浸在麻将里、游戏机里，或者喊上三五朋友让自己沉浸在吃喝玩乐中，或者每天无所事事、昏昏欲睡，有的甚至耐不住孤独与寂寞去做一些违法犯罪的事情。长此以往，你就会越来越消极，最终就会毁掉本来美好的人生，也就失去了活着的意义。

　　孤独，不一定是一个人独处的时候。一个人独处的时候，如果善于经营，也可以化孤独为充实。在一群人中，如果迷失了自我，也会感到孤独。正所谓，孤独是一个人的狂欢，狂欢是一群人的孤独。所以，保持内心的充实，让内心时刻充盈着浩然之气，孤独便会远离你，而你的梦想，你的追求，你的人生，也会因为你勇敢地面对了孤独而变得与众不同、分外精彩。

　　昨天在车上的收音机里听到这么一句话："在孤独的时候学习，才能在不孤独的时候绽放。"对此，我深以为然。

（本文写于2016年7月1日）

快三十五了，我的梦想还有救吗？

最近几年，忙于房子、车子以及孩子，几乎不再追求梦想。今年，我也即将三十五岁了。我禁不住问自己：快三十五了，我的梦想还有救吗？

理论上，只要有梦想，任何时候都不晚。但问题是，如果没有给梦想储备足够的能量，梦想会实现吗？或许，没有储备能量的梦想，最终将沦落为空想。这，正是我所担心的。

回想过去的这些年，我为自己的梦想做了些什么？首先虽说也看了一些书，但老实讲，书看得并不多，尤其是最近两年，就看得更少了。所以说，仅看书这一项，就是不合格的。其次是思考方面，虽说时有思考，但总体而言，没有勤于思考，而且也没有思考出一个像样的东西，很多都是半途而废。因此，思考这一项，也是不合格的。缺少了学习和思考，梦想便成为空中楼阁、镜花水月，被无限期地束之高阁了。梦想，从某种角度上来说，它已经名存实亡了。唯一还算幸运的是，我还没有放弃梦想，心里还时常想起它，仅此而已。但是，这种情况是相当危险的。长此以往，梦想将慢慢沉寂，并最终被岁月消磨殆尽。所以，要想拯救梦想，就得趁早亡羊补牢，否则，再过几年，一切都将无从谈起。

那么，问题就来了，我的梦想真的能实现吗？如果从现在开始，克服各种困难，为梦想去拼搏，我的梦想就一定能实现吗？很多时候，这确实是一个令人困扰的问题。因为梦想好像很遥远，而且感觉虚无缥缈，这让人产生畏难情绪，也让人对梦想的坚持产生怀疑与动摇，其实，就是对自己不够有信心。但事实也告诉我，要实现梦想，就必须做到"不问收获，但问耕耘"，付出了，日复一日地付出，离梦想实现的时间就会越来越近，终有一天，梦想就会来到我的身边，成为现实。

回想过去这些年，一点一滴都是一步步积累起来的，没有积累，就没有现在的成绩。房子车子虽说不是我人生的终极追求，但也是一个阶段性的目标。只是，感觉与心中的梦想相比，房子车子并不能体现我的人生价值，它们顶多算是生活的工具。但为了实现这个目标，我也确实付出了很多。回想过去，为了实现这个目标，我时常在心中默念着它。所以，如果每天都在心中装着梦想，潜意识里都在为梦想努力，那么，时间久了，梦想就会成真。就好比播种，春天播下了种子，好好呵护，种子就会发芽、开花、结果。每个果子都是需要播种才能收获的。

这么说来，关于梦想能不能实现的问题，其实已经非常明白，那就是，只要有梦想，并持续付出心血和汗水，梦想或许就会在某个不经意的时刻实现。因此，要坚定梦想一定会实现的信念。

那么，为了实现梦想，我该做些什么呢？

首先，也是最重要的，就是要在思想上战胜自己，克服自己的惰性。人都是有惰性的，但只有战胜自己惰性的人，才可能走向成功，否则就会碌碌无为。马拉松式的付出,靠的不仅仅是激情,更需要的是毅力和恒心。没有毅力和恒心,再伟大的梦想都终将成为泡影。任何时候,都不要为自己找理由、找借口。或许很多时候,我的头脑都不够清醒,但必须克服,克服,再克服,硬着头皮也要去坚持,哪怕每前进一步都很慢,都需要付出超过别人十倍甚至百倍的努力,但这都没关系,也不用着急,只要一步一个脚印地去走,相信总有实现梦想的那一天。

其次,就是要有实际行动。考虑到我的梦想是在文学方面有所造诣,写出至少令自己满意的作品,而要实现这个梦想,积累是非常重要的一步。没有积累,就好比万丈高楼没有地基,就如无土之木、无源之水,失去了实现梦想的基础。所以,积累是基础中的基础。要积累,靠什么?就是靠学习、靠观察、靠思考、靠记录。学习,就是广泛阅读。观察,就是锻炼眼力。思考,就是把学习和观察到的知识进行系统归纳总结。记录,就是把平时读到的、看到的、听到的、想到的,都记录下来。在做到这几点的同时,再时常温习,对所积累的知识进行融会贯通,并内化为自己的力量。

最后,就是下笔了。"读书破万卷,下笔如有神。"读得多了,看得多了,思考得多了,积累得多了,自然而然,写起来也就容易了。现在的问题,就是积累得少,导致写的时候无从下笔。人们常说,台上一分钟,台下十年功。写,其实就是一个水到渠成的过程,可能只占到五分之一的时间,而前面的积累,可能需要耗费五分之四的精力。因此,无须急于去写,当然这个不急于去写并不是说什么都不写,而是专指为成书而写的。一旦积累到一定程度,就一鼓作气,全身心投入具体的创作之中,就好比菜都准备好了,再开始炒菜。

经过上面的整理，思路更加清晰了，方法更加明确了，梦想也更加坚定了。接下来，就要按照这个思路去努力。还是那句话："不问收获，但问耕耘。"付出了，就不要担心有没有回报。坚定对理想的信念，坚定对梦想的执着，放松心情，稳扎稳打，如此，结果就会在未来的某个路口等我。

出发，朝着梦想的方向！

（本文写于2016年8月12日）

含羞草

连日来，天气晴好，阳光灿烂，夏日的气息越来越浓，跑步、打球、健身，挥汗如雨，精神抖擞。一早醒来，便听见鹦鹉在阳台上欢叫。想着八点钟要上英语私教课，我索性起了床。一切收拾停当，我来到阳台上看绿植：西红柿绿油油地生长着，已冒出了一些圆圆的小脑袋；茉莉花开出了三五朵，花香四溢，沁人心脾；年初从朋友家带回的虎皮兰，已生长出两株小虎皮兰，像两个可爱的孩子，长得壮实敦厚……我的目光落在了种着马蹄莲和含羞草的小花钵上。在马蹄莲的旁边，含羞草在晨风中轻轻摇曳，似乎在告诉我："主人，我活过来了呢！"我在心里默默地说："嘿嘿，小伙计，我就知道你会活过来的！"看着含羞草迎风轻轻摆动一片片小小的叶子，回想前些天它刚刚来到我家时的样子，我对它的生命力有了更深刻的认识。

上周末，与朋友一道去了一趟华峰寺。华峰寺坐落于黄埔区永和镇华峰山上，建于唐中宗神龙元年（705年），距今已有一千多年的历史，原属历史上著名的岭南佛教古刹。抗日战争期间，毁于战火。如今的华峰寺正在重建，且已初具规模。华峰寺三面环山，如若坐佛怀中的婴儿。站在华峰寺前，放眼远眺，目之所及，气势恢宏。

游览完华峰寺，我们一行人来到山下的水库边游玩。水库边的荒草地上，生长着许许多多的含羞草。孩子们用手碰一碰含羞草，含羞草便垂下了枝叶。孩子们感到十分好奇，异常兴奋，你追我赶，抢着测试含羞草。我也是第一次真正见到含羞草，所以，对这种植物也非常好奇。于是，我便拔了一些含羞草带回了家，养在花钵里。在开始的一段时间里，含羞草日渐枯萎，似乎是活不成了。见如此光景，我不再去理会它，想着它大抵是活不成了的，任其自生自灭吧！

谁知，在这个清晨，当我的目光再次落到栽着含羞草的花钵上时，我得到了意外的惊喜，它竟奇迹般地活过来了，而且长势喜人，叶子也愈发丰茂起来，绿油油的，生机勃勃。我不忍打扰它，便蹲下身来，仔细观察，心里无比的喜悦，不由得对它顽强的生命力发出赞叹。妻子听我赞叹含羞草的生命力，说道："在水库边那样的荒草地上都能生长的，生命力肯定旺盛。"我不由得点头深表赞同。

含羞草，大自然中的处世高手。当有人称赞它时，它便表现出与生俱来的低调、谦虚；当遭受外来不可抗力的攻击时，它能屈能伸，懂得以退为进，保存实力，懂得战略撤退以待东山再起。同时，它还具有顽强的生命力，无论身在何处，都能生长，并释放出热情和力量。能与含羞草做伴，是我的荣幸。它独有的气质，应融入我的血液，丰富我的生命，砥砺我不断前行。

（本文写于2017年6月11日）

业务人眼里不能有"不行"二字

下午在北京海淀区交流结束，原计划是乘坐高铁去上海。本想着车次多，估摸着谈完事情再买火车票，可以实现时间的无缝对接。

之前屡试不爽，这次居然失算了，待我查询去上海的票，才发现连一张票都没有了。飞机的票价又太高，还是希望为公司节约点。

办法总比困难多。在昇科张总的帮助下，迅速锁定下午六点北京至上海路过天津的G23次列车，毫不犹豫买下仅有一张到天津的商务座，等上了车再补票。

时间已到下午四点半了，但打车需要一个半小时，而且堵车风险很高，可能赶不上高铁，对比下来，地铁需要一小时二十分钟，于是果断选择乘地铁前往。接下来，就是与时间赛跑，在地铁的加持下，我准时上了高铁。高铁乘务员服务周到，距离天津站还有十多分钟时，她端来盒饭，说得抓紧吃。我三下五除二解决了盒饭后，高铁就到天津了。说实话，我是依依不舍地离开了商务座，然后来到九号车厢补票。

虽然补的是站票，但我也很知足，能按原计划到达上海，不影响明天的行程，就是我最大的心愿，站一下又何妨？就当锻炼身体了。

回想许多年前，也曾买过站票，那时还是人挤人的绿皮火车。如今的高铁，车上宽敞整洁，感觉挺好。

站在车窗边，看窗外景物飞逝，万亩良田沃土，大型风力发电机组，还有炊烟袅袅，别有一番趣味。

站着，看着，想着，作为一个业务人，任何时候都不要自我设定行或者不行，在业务人的眼里，一切都是可行的，困难挑战都只是暂时遮住我们眼睛的云朵，风吹过，就要继续前行！

（本文写于2023年7月4日）

志

有感于孔明舌战群儒

看罢电视剧《三国演义》之"舌战群儒",又细读文本,令吾思绪万千。

我不想去探究孔明舌战群儒之事是否真实,单就其舌战群儒之故事,谈点我的看法。

孔明之胆识乃当今社会之急需品格。面对那么多"江东才俊""饱学之士",孔明只身一人来到东吴,劝说孙权联刘抗曹,此一胆识也。面对群儒嬉笑怒骂,孔明谈笑自若,沉着稳重,言辞谨慎,引经据典信手拈来,辩论中无孔能入,此二胆识也。当被人大骂其主时,孔明疾言厉色,显示出其大丈夫气概,江东群儒无言以对,相形见绌,孔明刚柔相济,此三胆识也。

孔明之博学广识当为今人效仿。如今,很多人都在沽名钓誉,无真才实学。一次去参加慈善捐款活动,一位高层连"旨"都读错了,甚是悲哀。再看孔明舌战群儒之时,是何等气度不凡,他声情并茂,言辞高雅,句句切中要害,使得江东众饱学之士无言以对。如果他没有经天纬地之才,如果他并非博学多识,没有对求学的孜孜不倦,没有对学问的精益求精,哪有这十足的底气？要是换作浪得虚名、沽名钓誉者，早被江东众儒的气势给吓得不知所措了。然孔明何等潇洒，舌战群儒之时，当被严畯问及治何经典时，孔明答曰："寻章摘句，世之腐儒也，何能兴邦立事？且古耕莘伊尹，钓渭子牙，张良、陈平之流，邓禹、耿弇之辈，皆有匡扶宇宙之才，未审其生平治何经典。岂亦效书生，区区于笔砚之间，数黑论黄，舞文弄墨而已乎？"一番辩论，让江东饱学之士汗颜。他能有如此底气，完全得益于他的真才实学。

孔明之自信堪称无人能比，这也是当今之人需要进一步学习的。当被张昭问及是否自比管仲、乐毅时，孔明语气坚定答曰："是。"一个"是"字，把孔明的自信展现得淋漓尽致。然后，孔明言简意赅又无可辩驳地以事实证明了自己较管仲、乐毅甚至有过之而无不及，真乃世之奇才也！当今之人，盲目自信的人很多，但与孔明相比，孔明之自信非当今个别人之自信也。孔明之自信乃建立于博学多识的基础之上，而当今个别人之自信则建立于金钱或名利或自以为是的基础之上，二者相比，相去甚远矣。故当今之人，应多学孔明之真才实学、博大胸怀、远见卓识，以此作为自己自信的坚强后盾，而不可盲目自信，否则，将不及蒋干之流也，岂不可悲可叹？

还是黄盖识英雄，其直言曰："孔明乃当今奇才也！"今人应多学孔明之博学、胆识、远谋、胸襟、气度、为人也！

（本文写于2007年12月28日）

难得的时光

这个下午，感觉很惬意，于是，拿起笔来，记下二三事，直抒胸臆。

一

最快乐的事莫过于你正全神贯注，突然，有人在你背上或者肩上轻轻一拍，你回过头一看，原来是好久未见面的朋友，虽然把你吓了一跳，可你还是情不自禁地高兴起来。

今天上午，我与女友正在商场选购花茶，讨论着哪种花茶更有味道。就在我们全神贯注地讨论时，有人不轻不重地在我的肩上拍了一下，回头一看，原来是小王。看见他一脸的笑容，我感到无比惊喜，大叫一声："小王！"他乐呵呵地说："你们两口子也在这儿买东西啊？"我和女友同时乐了。

快乐，其实很简单，一句话，一个动作，足够让人感到快乐。

二

回到宿舍，听到学校里孩子们的喧闹声，我不由得站在了窗边。原来孩子们正在赛跑。看着他们活蹦乱跳、你追我赶的情景，我不禁想起了自己的童年。

那时的我和他们一样，爱追逐嬉戏。还记得阳光明媚的日子里，学校的操场上尘土飞扬，我和同学们在操场上玩起了赛跑的游戏。对于赛跑、捉乌龟、老鹰捉小鸡、丢手绢等游戏，我们百玩不厌，每一次都是新的开始，每一次都充满好奇。那或许是个晴朗的上午，或许是雨过天晴的午后，鲜艳的五星红旗在学校上空迎风飘扬，一群蜻蜓在我们头顶自由飞翔，山风吹来，校园里花香阵阵……正在我们玩得起劲的时候，上课的铃声响了，操场上忽然之间一个人影也没有了，只有清风和明媚的阳光。这时，教室里传出我们琅琅的读书声，我们也认真地听老师讲课，可教室靠向山边的窗外却响起了蛐蛐或者知了的叫声，这让我们那颗好奇的心又不安分起来。夏天，总是那么嗜睡，记不清我在上课时是否也打过盹儿，但可以肯定，曾经一定有人因为在课堂上睡着了而挨过老师的训。每当这时，老师总是会提几个问题让人站起来回答，于是，教室里顿时弥漫着紧张的气氛，我心里直打鼓，担心下一个被叫的人是自己。

仔细回忆当时的我，竟也那么憨态可掬、顽皮好动，对操场的留恋似乎远远超过了对课堂的留恋。如今，我已二十六岁了，曾经的自己，竟与现在形成了巨大的反差。现在的我，再也不是那时的我，对玩耍近乎狂热。可我，又是多么留恋儿时的欢乐啊！

三

今天，是个难得的日子。

我今天不用上班，一个人在宿舍，面向窗户，迎风而坐，静静地写点东西，喝点可乐。风儿总是不停地吹，让我多少有点冷。不过，也无须加衣。

星期天，本应如此。看书，喝茶，写点文字，吹吹风，要是困了累了，就在床上小睡一会儿。要是玲儿可以不用去开会，两个人对桌而坐，吹着小风，谈着心，看点书，偶尔碰碰杯，然后相视一笑，其乐趣如此，乃生活之美也。

生活，需要用心去体会。不过，如果生活太累，便没有了体会的时间和心情。只有闲暇时，才看得到生活里美妙的风景，听得到生活里快乐的声音，尝得到生活里无穷的滋味。

（本文写于2008年1月15日）

北京三日

2009年9月1日下午六时三十分，我与同事胡国鹏坐上了开往北京的飞机。我们此行的目的是作为公司的代表参加中国国际金融展。这是我第一次去首都，第一次参加金融展，也是第一次与同事一起出差，还是婚后第一次小别。在接下来的三天里，我参加了金融展，去了清华北大，去了天安门和毛主席纪念堂，登了慕田峪长城，吃了北京烤鸭和北京小吃……所以，我收获颇多，感触亦颇多。

金融会展：科技与时代

由于我们乘坐的是傍晚的飞机，到达首都机场已快晚上十一点，下机后转乘开往公主坟方向的机场大巴，在紫竹桥下车后打车前往西苑饭店，那是广电运通参加本届金融展的大本营。零点过十分，我们到达了西苑饭店。一切收拾完毕，躺下时已是凌晨两点。

北京的夜晚，凉飕飕的，已经有了秋天的味道。晚上，我们盖着被子睡觉。可在南方，9月依然似夏天一般闷热，连一点秋天的痕迹也找不到。不一会儿，我和老胡便进入了梦乡。

9月2日，是个晴朗的日子。金灿灿的阳光照在北京的大街上，给人一种温暖如春的感觉。风儿偶尔吹来，才让人突然想起：哦，已经是秋天了。南方的人是没有福气见到秋天的。南方只有两个季节，一个是夏天，一个是春天。5月到10月是夏天，11月到次年4月是春天。南方没有秋天，因为这里四季常青；南方也没有冬天，因为一年四季看不见一片雪花。南方人过圣诞节，都喜欢在门窗贴上"雪花"，以慰藉那颗燥热的心。从气温上来说，南方要么很热，要么温暖，很热的就是夏天，温暖的就是春天。所以说，北方人是幸福的，可以享受四季更替带来的季节变换，这无形之中给人生增加了更多的乐趣。

到达北京展览馆时刚好赶上开幕式。我便迫不及待地拿着相机往前挤，以便可以拍到开幕式的盛况。这让我想到了"狗仔队"的样子，我也在心中对自己说："这回也做了回狗仔队里的一员了。"刚开始我用的是22mm—70mm的镜头，结果只能拍到攒动的人头和里三层外三层的拿相机或摄像机的"同行们"。于是，我赶紧换上70mm—300mm的镜头。终于，我挤到了靠前的位置，并在缝隙中对准主席台按下快门键，拍到了！有了第一次的成功，我便开始寻找更有利的位置抢拍。我知道，我的技术很差，但不管怎样，硬着头皮都要上，因为这是我的其中一项工作。台上的领导们讲完了话，一起按下了"烟雾弹"，第十七届中国国际金融展便拉开了帷幕。北京展览馆的大门轰然打开，人群如潮水般涌入展览馆，我也如一滴水般汇入了这潮水里。

进入展馆,我便四处寻找二号馆,广电运通展位就设在二号馆。我和几个同事在人群中如鱼一般穿梭着,不一会儿就找到了我们公司的展位。在我们公司展位前仔细浏览了一会儿,我们便四散开来。我这次来名义上是参加金融展的,实质上是学习。所以,我要认真观察每个展位。据了解,参加本次金融展的有两百多个公司。但在接下来的两天时间里,我走遍了各大参展商的展位,细细数来,能排得上号的也就几十个。毫无疑问,我所在的公司——广电运通以人气最旺、设计最新颖、产品最丰富成为本届金融盛会上的"明星"。无论是从客观上还是从主观上看,广电运通展位都无可挑剔地成为本届金融展上的一道亮丽的风景。而其他设备厂商展位参差不齐,略显单薄。

通过参加本届金融展,我主要有以下三点体会:

一、对展会有了一个清晰的认识。由于之前没有参加展会的经历,所以,我非常珍惜这次难得的学习机会。这次参展开阔了我的视野,使我对展会有了新的认识。展会,不仅仅是一次企业自我形象的展示,也是在向客户、向对手展示自己的综合实力。因此,与展会有关的各个环节都要在参展前做好充分准备。从本届展会来看,各参展商都进行了充分的准备,但由于综合实力存在差距,各参展商的参展规模也不尽相同。广电运通参加本届金融展,以完美的姿态展示了自身的实力和竞争力,吸引了大批中外客户,其新颖的展位设计成为全场当之无愧的焦点。

二、感受到了激烈的市场竞争。尽管在表面上,参加金融展的大大小小的展商都秩序井然,但在这背后却是竞争力的角逐。今年的金融展,NCR、迪堡、德利多富等厂商继续缺席。出席本届金融展的众多ATM厂商中,数广电运通的展位最为耀眼。所以，面对激烈的竞争，我们在不断增强自身竞争力的同时，也要虚心向别人学习，学习竞争对手的优点。

  三、感受到会场弥漫着的浓厚的科技气息。无论是以广电运通为代表的金融自助设备厂商，还是以IBM、惠普等为代表的金融服务解决方案提供商，或是以农、中、工、建、交、邮储为代表的银行系统，所有参展单位的展台都充斥着金融、科技、信息等元素，从展位的设计到展出的产品，无不弥漫着浓厚的科技色彩。这里不仅仅是金融设备制造商和服务商的"群英会"，在很大程度上也成了科技信息的"汇聚地"，从侧面展示了中国金融业蓬勃的生机与活力。

  9月2日的上午，我都泡在展览馆，到处收集着ATM行业的资料。9月3日，从上午开馆到下午三点半闭馆，我一直在展馆内四处学习。我一边拍照，一边到处收集资料。虽然确实很累，但看着自己的收获，我还是特别开心，因为我没有浪费这次学习的机会。这次金融展给我感受最深的就是"设计"与"科技"所表现出来的时代气息。生活在现代社会，科技信息迅猛发展，作为企业，要想在激烈的竞争中获得有利地位，就要高度重视创新，同时，还要重视信息的传播。

人在北京：遥远的牵挂

  说来也巧，老婆来广州三个月了。三个月以来，不知面试了多少家公司，就是没有成功。可就在我要出差的当天，一家著名的公司却通知她去体检。这个惊喜让我们有些措手不及。因为之前我说过，要是她的工作确定了我们就去庆祝一下。可事情来得就是那么巧，偏偏在我要出差的时候，好事出现了。然而，我却不能陪在她身边，与她分享那份喜悦。我是9月1号下午三点去的白云机场。中午，她在中山认识的一个朋友来广州了，她们便约着一起吃饭。考虑到还有时间，我便跑到了她们吃饭的地方，与她们话别。其实，那家公司还没有给她最后的答复，所以，成不成还说不定。下午五点多，我已经和同事胡国鹏坐在了候机室。这时电话响了，她告诉我，对方要她星期五，也就是四号就去上班。得知这个消息，我内心的那种激动是无法形容的。因为三个月来，她一边学习，一边找工作。三个月过后，她的人力资源师培训学习刚好结束。这一切都太巧了。

飞机起飞了，我关闭了手机。望着机窗下面逐渐变小的广州，一种牵挂之情油然而生。对老婆来说，她要一个人在家里待三天，这可是她从未有过的经历。她会不会害怕？她睡不睡得着觉？她能好好照顾自己吗？……我掏出随身携带的杂志《中外企业文化》慢慢看起来，但还是静不下心来。我不停地在心中默默祈祷：愿她在家里一切都好。

晚上十点四十分，我们下了飞机。我第一时间给她打电话报平安。她叮嘱我，要我到酒店了就给她打电话。可机场大巴需要排队，还未轮到我们，那一趟大巴就已经满员了，我们只好等下一趟。这一等就是半小时。终于上了车，我给她发短信，告知已经上了机场大巴。从机场到紫竹桥坐了半个多小时。后来又打车，到酒店已经过了十二点。我给她发信息，告诉她，我已经到达酒店，让她睡觉。她说："你安全到达，我就放心了。"

我想，这次之所以这么巧，或许真的是上天要考验她。她也这么认为。因为从小，她一直生活在安逸的环境里。还未和我在一起的时候，她在爸爸妈妈的呵护下成长。后来我们毕业了，一起南下广州走进社会参加工作，我们从未分开过。即便我没在身边，也有朋友在她身边。可这次，她却要一个人面对广州的夜晚，一个人去体检，一个人去准备上班的事宜。

在北京的三天，我们每天都牵挂着对方，无时无刻不在想念着对方。同事们总是开玩笑，说我牵挂着老婆。我嘴上说没有，可心里还是佩服他们猜得真准，或许我的神态暴露了我的心思。我们时不时就要询问对方在做什么，吃饭没有，吃的是什么……虽然我们相隔几千公里，但我们的心却时时在一起。曾经有朋友对我们说："夫妻同心，其利断金。"只要我们始终心心相印，不懈努力，就一定可以创造属于我们的幸福生活。

9月4日深夜，我完成了本次出差任务顺利回到了广州。就在坐上回家的的士时，我的心中突然有了一种奇妙的感觉。因为这时我才反应过来，老婆因为工作原因暂时住在了公司，试用期期间周一至周五都要在公司度过。回到家，开了门，感觉屋子里空空的，要是有她在，一定有家的感觉，而且一定会有一个久违的拥抱。桌面上放着一张字条，上面写着"我给你写的信放在电脑的桌面上"。于是，我迫不及待地打开电脑，仔细地读起来。当读到下面这段文字的时候，我热泪盈眶，感动不已：

"三个月了，习惯了为你洗衣做饭，突然想到这段时间你下班后要回家自己饿着肚子做饭，心里很难受。我上班的日子里你要好好照顾自己，虽然回家没有热饭吃，早上没有干净衣服穿，可是这都是短暂的，你也不要随便对付两口啊。三个月来，我每天除了找工作就是休息，你却没有半句怨言和不满，反而还怕我在家里吃不好睡不好，这让我很感动。这三个月从表面上看是最艰苦的，可是生活上我却没有半点觉得辛苦……在这样的情况下我们都能相濡以沫，不争不吵，我相信我们一定会开开心心、幸福地过一生的。"

我在心里为有这么一位积极进取而又贤惠温柔的老婆感到无比骄傲。在外打拼的日子，苦是苦了点，但有一个知心爱人，再艰难的日子也会变得美好。若干年后，回忆起现在的情景，也许别有一番滋味。人生就如一条通往远方的路，我们会在这条路上留下深深浅浅的脚印。当我们走到很远的地方，回头看时，也许最能让你想起的就是那些你感觉最为艰难却又挺过去了的时光。

清华北大：好友喜相逢

对我这个一向很"爱"学习的人来说，也曾有过清华北大梦。但由于天生愚钝，所以，我既没有考上清华，也没考上北大。很久以来，我梦想着去清华北大看看，却一直没有机会，或时间不便，或盘缠不多，所以，很多时候也只能想想而已。这次有机会来到北京，自然是不能留下遗憾的。所以，9月3日展会一结束，我便迫不及待地拨通在清华读研究生的同窗好友宏桥兄的电话。我们入住的酒店对面就有到清华大学西门的公交。北京的公交很便宜，走到哪里都是一块钱，不比广州，少则两块，多则四块、八块，甚至更多。9月4日，我们一行人还坐了北京地铁，在北京坐地铁转遍全城也只要两块钱。这里先不说地铁的事，还是先说说在清华北大的经历。

大约下午四点，我乘坐的公交到达了清华大学西门，宏桥兄已经在那里等我了。记得我们上次见面是在广州，今年的7月20日。真没想到可以这么快再次相会。好友相逢自然是喜不自胜。他带着我行走在校园里，我们一边欣赏美丽的校园风光，一边拍照，一边交流。在清华，给我印象最为深刻的就是那一池池的荷叶，在绿绿的荷叶中间零星地点缀着些许粉红的荷花……这让我情不自禁地想起朱自清先生的《荷塘月色》来。最初知道清华的荷塘美景也是因读了朱先生的这篇文章。行走在清华园，我似乎又回到了学生时代。然而，我是不可能再回到学生时代了。时光已经一去不复返了。不过，我不悲伤，虽然我没能在名校就读，但我有好友在这里，而且我也有幸能踏上这块孕育着中国最高端人才的沃土，为此我感到无比荣幸。再加上我对朱自清先生的崇敬，所以，便感觉自己也与清华有了关系。我并没有把自己当作局外人。在清华，总是会情不自禁地追忆那些先贤们，他们用自己的学识在中华民族的天空上留下了永不磨灭的记忆。比如两弹元勋——邓稼先、中国现代数学之父——华罗庚、中国导弹之父——钱学森、力学家——钱伟长、核物理学家——钱三强……他们每一个人的名字都在历史上闪耀着璀璨的光辉。追寻着伟人们的足迹，我们在清华园的小道上漫步。累了，我们便去了一间小酒吧，坐下来喝饮料。这间小酒吧不大，却也雅致，里面坐着十来个学子，有中国学子，也有外国学子，他们都在全神贯注地学习着。所以，我们进去了也轻轻的，不影响他们的学习。

　　时间过得真快，天渐渐暗下来。我们决定去北大见佳奕。佳奕是我高中时的同学，与我和宏桥兄都是巴东人，我们三个的家离得很近。今年春节我结婚的时候，佳奕也如约而至，让我很感动。这次来到北京，无论怎样也不能不去看看我们的才女。我和宏桥兄没有坐车，步行十多分钟就到了北大西门。我们首先在大门前合影留念。由于天色已晚，照片拍得不怎么好，但却值得珍藏，这记录着我们的深厚情谊。进了北大，佳奕自然成了"导游"。根据导游的安排,因为我们三个都还饿着肚子,所以我们先去吃饭。由于佳奕不喝酒,我只能和宏桥兄喝。佳奕以水代酒,我们一起为我们的相逢举杯。我和宏桥兄一起喝了二两二锅头。如果换作在家里,我们一定不止这个量。因为晚上还要回去,所以,我们克制了。杯与杯相碰,碰的不仅仅是我们各自的杯子,更有我们之间的惺惺相惜。饭后,在佳奕的指引下,我们去了未名湖。夜晚的未名湖,也别有一番意境。在湖的那边,有人吹着葫芦丝,这让我的心中不由得生出许多感动,似乎有一种东西从心底慢慢升起。或许,这就是北大被称作文学殿堂的原因。这里的一花一草、一景一物,都不乏诗意,都有着深厚的文化底蕴。突然想起不久前,一代国学大师季羡林先生的逝世,不禁心头又多了几分伤感。但往者已矣,来者可追。毫无疑问,我们三个人都有着各自的理想。坐在未名湖畔,我们洗尽心中的铅华,用心倾听风儿的声音,感受湖水的荡漾,沐浴着纯净的夜色。佳奕像个可爱的孩子,坐在一块石头上,我和宏桥兄蹲在水边。我们接受着未名湖的"洗礼"。

穿过未名湖,我们去了北大图书馆、北大三角地、北大大礼堂。每一处都有动人的故事和文化底蕴,却因为时间关系只能从它们身边悄悄走过,这让我的心中多少有些不安,我应该怀着一份崇敬的心情走近它们、走入它们,感受北大的人文气韵。时间在不知不觉中已经到了晚上十点多,我没有时间去探寻北大的每一个角落,但一个未名湖已经让我感受到了什么叫作人杰地灵。他们俩送我到东门乘坐返回酒店的公交,我们挥手作别,期待着下次的相会。我想,下次相会他们都应该毕业了,而且都找到了各自理想的工作。想想那时再举杯,我们又该是一种什么样的感慨。

首都览胜：同事的情意

早就听说北京烤鸭极为有名，也有朋友带回来品尝过，却总是没机会尝到刚刚出炉的烤鸭。这次来到北京，由于老闫的盛情款待，让我第一次吃到了地道的北京烤鸭。

2日下午展览馆闭馆后，我、王继忠经理、胡国鹏便在华北区同事老闫（闫俊杰）的带领下，乘车去了便宜坊——北京最具名气的烤鸭店之一。烤鸭的味道极为美妙，第一次品尝过后，那味道让人永远无法忘记。

北京烤鸭的吃法是很讲究的。首先用筷子挑一点甜面酱，抹在薄薄的荷叶饼上，然后夹几片烤鸭肉放在上面，再放上几根葱条、黄瓜条或萝卜条，最后将荷叶饼卷起便可以吃了。这是最常见的吃法。切烤鸭师傅的刀法也是值得一看的，如果不经过一番苦练，绝不会有如此娴熟的刀法。只见他刀来刀往，薄薄脆脆的鸭皮、多汁流油的鸭肉就纷纷落入盘中，香气四溢，细细尝来，味道之美无法形容。苏东坡曾经感叹"日啖荔枝三百颗，不辞长作岭南人"，如果他当年吃了北京烤鸭，说不准还会感叹"日啖烤鸭数片肉，不辞长作幽州人"。

我们四个人围桌而坐，一边吃菜喝酒，一边谈天说地。从各自的工作说到公司的发展，从南方的文化谈到北方的文化，从古代历史谈到当今社会，可谓无话不谈。当然，很多时候我只能作为听众，因为老闫和王经理都是业务高手，他们有着丰富的工作经验，听他们聊如何做好业务、如何处理好与客户的关系，我受益匪浅。一桌饭，从下午六点多吃到了晚上十点多，却还感觉意犹未尽。便宜坊要关门打烊了，我们不得不放下酒杯，相互道别。第一次来到北京,老闫的热情款待,让我感动不已。除此之外,我也学到了很多做人的道理。除去展会上学到的东西,与同事们的交流也增进了彼此之间的了解,增进了相互之间的感情,他们的很多想法也让我茅塞顿开。所以,我觉得这次北京之行收获颇丰。

9月4日清晨五点,我被闹铃叫醒。洗漱完毕,约上王继忠经理、技术部的李国强和研发中心的王灿杰,拦了一辆的士,我们便出发去天安门。由于胡国鹏以前来过北京,再加上他有些不舒服,所以,他留在酒店休息。一路上,淅淅沥沥的雨一直没停,但我们没有犹豫。大约十分钟后,我们便到了天安门广场。本以为可以看到升旗仪式,不料到达广场时升旗仪式已经结束,只见成群结队的人向广场外走去,五星红旗已经高高升起。"唉,来晚了!"我们不无遗憾地感叹。

看得出来,为了迎接新中国六十周年华诞,天安门广场正在大修。所以用阴天大雾和零星小雨来迎接我们,以朦胧意境弥补我们过高的期待。我们在天安门、人民英雄纪念碑、人民大会堂前留影纪念。就在我们在毛主席纪念堂前徘徊的时候,广播里传出通知,说毛主席纪念堂将于八点对外开放,欢迎各位游客排队免费进入纪念堂,瞻仰毛主席。听到这个消息,我们万分激动。立马就去存好包,然后耐心排队等候。就在这时,天下起了大雨,幸好我们有两把伞,这才避免被淋成落汤鸡。不多时,毛主席纪念堂前已经排出了几百米的长龙。队伍中,有老人,有小孩,有中年人,有年轻人。很多人没有伞,便用手顶着衣服站在雨中。这份虔诚的心情让我十分感动。二十多分钟后,我们便进入了纪念堂,瞻仰了毛主席的遗容。瞻仰的人们静默地从水晶棺前走过,没有喧哗,没有嬉闹。今天,我们瞻仰毛主席,就是要怀念他和老一辈革命家为了我们今天的幸福生活呕心沥血、不懈奋斗的历史。从纪念堂出来，大雨依然在下，我们的心中却多了一份沉甸甸的东西，那就是对现在生活的珍惜和对未来生活的信心。

因要去西直门地铁口等候华北区王景龙经理带我们去长城，我们便有了一次乘坐北京地铁的经历。在广州坐地铁，似乎从来没有经过安检，但在北京坐地铁，我们却要过安检。这让我们这帮南方来的人有些不适应。早就听说在北京坐地铁，走遍全城无论你换乘多少次都只要两块钱，这回我们是有了亲身经历。忘记乘坐了哪几条线，但记得是在西直门南门出站。出站后，外面还在下着雨。不一会儿，王景龙经理便开着车来接我们了。

由于李国强还要去展馆，他在展馆前就下车了。剩下王继忠经理、研发中心的王灿杰和我，在王景龙经理的带领下，我们去了风味独特的北京小吃店，因为我们是饿着肚子去天安门的，现在对我们来说最首要的就是解决一下吃饭问题。北京的风味小吃，品种繁多，味道各异，着实让我们的胃享了一次福。吃完小吃，我们回到酒店，拿上行李，便往慕田峪长城而去。因胡国鹏还有别的事情，他没有去长城，我们相约下午五点半在机场会合。

长城做证：我们是好汉

经过一个多小时的车程，我们于下午一点多抵达了慕田峪长城脚下。王景龙经理留在山下等我们，我们一行三人便开始登长城了。长城并不是想象中的那样离山脚很近，而是宛如一条巨龙盘踞在山顶。因此，要想见到长城，还需爬一段陡峭的山道。所谓山道，其实是一级级石阶。但可以想象得到，古代没有这些石阶的时候，士兵们是怎么爬上山顶，向山顶运送兵器和粮草的。通往长城的石阶两边，是郁郁葱葱的树木。林间空气特别清新，还有喜鹊在树林里喳喳喳地叫，让我们倍感喜悦。王经理虽然比较胖，但爬起山来却丝毫不逊色于我和王灿杰这两个瘦子。只见他在前面嗖嗖嗖地就爬上去了，而我们还落后他很大一段距离。看来，他业务做得好是有原因的，就是有那么一股子冲劲。想到这儿，我便叫上王灿杰，赶紧追上去。

终于，我们来到了长城的入口。兴奋和喜悦写在了我们三个人的脸上，也充斥着我们的内心。人们常说"不到长城非好汉"，我们应该算是好汉了，因为我们到长城了。由于漫天大雾，我们不能看到长城的全部面目，但在这雾中却别有一番情趣。长城就如一条前不见首后不见尾的巨龙，载着我们在云间游走，如梦似幻，而我们似乎已经飘飘欲仙了。站在高高的要塞上，我不禁想起陈子昂的《登幽州台歌》来："前不见古人，后不见来者。念天地之悠悠，独怆然而涕下。"今天的意境似乎与他这首诗表达的感情十分吻合，雾漫漫，我们看不见长城的首，也看不见长城的尾，唯有天地之间的三个男人和脚下的长城。然而，当时的陈子昂是不得志的，他希望英雄能有用武之地，他想把自己的一腔热血和豪情壮志献给自己的祖国和人民，建立不朽的功业流传给后世。他怎么也没想到，他这腔热血没能挥洒出去，也没有留下不朽的功业，倒是他这首发自肺腑的诗歌成为千古绝唱，流传后世。无怪乎古人云："万里长城今犹在，不见当年秦始皇。"秦始皇作古了，留下了长城；陈子昂远去了，留下了诗歌。我不知道将来离开这个世界的时候，我能留下什么。春去秋来，岁月悠悠，人生永远是短暂的，唯有珍惜光阴，奋发图强，有所作为，才能在那一天到来的时候可以对这个世界说:"我无愧于心。"

行走在长城上,我们时而拍照留念,时而坐下小憩,时而大声疾呼,时而发表各自的看法,尽情表达着自己内心的那份激动。偶尔从雾的那一边传来笑声,偶尔会迎面遇上三三两两的外国游客,这让我们觉得不孤单。当我们走了大约一个小时的时候,我们遇到了最为陡峭的一段路。我们三个人继续往上爬,后面人的头几乎快顶到前面人的脚。待我们到达这段最陡长城的上面的时候,回望来时的路,雾海下面俨然成了万丈深渊。当看到那一块块接近垂直的砖头时,我们不得不惊叹于"万里长城永不倒"的豪迈,惊叹于古人的智慧和力量。

本来,我们可以回过头把西段长城也走一遍的,但由于我下午五点半要赶到机场,在我们走到了慕田峪长城东段的尽头后,我们便开始下山。因为我而让他们没能爬完整段长城,这让我内心有些自责。但他们一点也没有责怪我,王经理还一遍遍地看时间,担心我来不及登机。我们怀着依依不舍的心情向长城脚下走去。王景龙经理在车里睡着了,我们的声音把他吵醒了。发动声响起,我们的车在绿树掩映的沥青公路上奔驰……

我们在长城脚下的一个饭庄吃了午餐,便向机场方向驶去。虽然时光总是匆匆,虽然人生总是有限,但这次长城之行,让我们成了好汉,我们将铭记一起登长城的经历,我们因此而结下的深情厚谊将与长城同在。真心感谢王景龙经理为我们做向导,真心感谢王继忠经理为我们的午餐买单,真心感谢王灿杰同事为我们三个银通同事拍照合影,真心感谢他们与我一同感受长城的无限魅力!

晚上七点,我与胡国鹏坐上了飞往广州的飞机。我们的北京之行结束了，望着机窗外的首都夜色，我陷入了沉思……

《北京三日》花了几个夜晚终于写完了，但却感觉意犹未尽，似乎还有很多的感想没有写出来，即便写出来的东西也不能完全表达出我内心的真切感受。我知道我自己目前的水平还不足以完美表达自己的思想，姑且用这粗糙的文字记录下我们这次的北京之行吧。夜已很深，就此搁笔，愿这次北京之行的美好记忆成为我继续前进的力量。

（本文写于2009年9月10日）

发愤读书

最近，我每天都读书。要是某一天没有看书，便觉得有些慌，就好像少吃了一顿饭一样。手头上正在读的是现代管理学之父——彼得·德鲁克的经典之作《管理的实践》。自从买了这本书之后，我便爱不释手，无奈事务总是繁多，前一段时间看得较慢。最近，我对读书的渴望不知为何突然变得越发强烈了。所以，每天下班之后回到家，首先抓紧时间做饭，吃完饭便洗衣，衣服洗完就洗澡，一切准备就绪后就开始读书。睡觉之前的最后一件事也就是读书了。

昨天，我又买了德鲁克的另外一本经典之作，名叫《卓有成效的管理者》。这本书是德鲁克继《管理的实践》之后的又一力作。昨晚在梦中，我还想着如何去读书，如何把书读好。今年以来，我相继买到了几本不错的书：《货币战争》《沉思录》《联想风云》等。此外，还有被评为集团优秀共青团员之后，集团奖励的《世界是平的》。另外，最近还买了《Excel应用大全》，是一本工具书。上次去广州购书中心看到这本书后，就喜欢上了，当时准备买，因考虑在当当网上买可以优惠更多，所以回来后我就到网上去找，结果当当网上只要六十六元，比购书中心要便宜二十二元，我毫不犹豫地买下了。不过，这本书还躺在我的桌上，还没时间去读。老婆说她要先看，我当然是不会和她争的，女士优先啦！此前，我还买了余世维的《赢在执行》、方永飞的《赢在中层》、菲利普·科特勒和加里·阿姆斯特朗合著的《市场营销学》等好书。其中，《赢在中层》看完了，而《赢在执行》和《市场营销学》都只看了一半多。所以，这没看完的部分必须抽时间看完，不然，实在对不住这两本好书。

在读书的过程中，我感受到了读书的艰难。不要以为有书读就一定能读成。或许你有时间，或许你很想去读，但要付诸行动并长期坚持，那不是件容易的事情。在我们的生活中，似乎总有比读书"更为重要"的事情发生，然后你就不得不放下手中的书本，去做别的事情。但如果静下心来仔细想想，或许我们应该换一种观念——读书也是一件很重要的事情。我们常常将大把的时间花费在聚会、吃饭、喝酒、玩耍、上网、休闲等上面，但却很少认识到读书是多么重要。所以，是到了改变观念的时候了。

值得高兴的是，每次去书店，总会看见书店里到处是读书的人或买书的人，人们都在争相学习。但放眼中国，读书的人却还是少数。据不完全统计，在我国的图书阅读者中，每人每年平均阅读图书不超过五本。而放眼世界，我们看到的却是各国对读书的日益重视。据报道，美、英、法、日、德、俄等国家都设立了全国性的读书节；犹太人每人每年读六十四本书，是全世界读书最多的民族；美国正在实现每人每年读书五十本的目标。

常言道："读书破万卷，下笔如有神。"书读得多了，写起东西来自然就信手拈来。更为重要的是，书读得多了，人会变得聪慧，会增长学识和智慧，使自己成为博学之人。每个人都有理想，都想获得成功，但很多人却不去读书，不去丰富自己的知识，这怎么可能取得成功呢？即便取得了成功，说起话来也让人一听就是草包一个。书是人类进步的阶梯，也是每一个人走向成功的桥梁。多读书，读好书，读透书，从书中走出来，是走向成功的捷径之一。发愤读书，任何时候开始都不晚。我读书，我进步，我快乐。我想，随着知识的不断丰富，成功也就会离我越来越近，理想目标也就会渐渐被实现。

发愤读书，其乐如此，何乐而不为呢？

（本文写于2009年11月3日）

第一次在珠江边跑步

这是我在广州工作两年多来,第一次去珠江边跑步,这对我来说,或许有一些纪念意义。

今早七点,我被闹钟叫醒,本来还想再睡一小会儿,但我还是掀开被子,披衣起床了。

我很佩服自己今早的行动力,对自己的决心感到自豪。在心中,我可以给自己加一次分。

时间过得真快,2008年3月,我从中山来到了广州。刚来广州,对广州充满了好奇,对珠江也喜爱有加,所以,每有闲暇,我会去江边读书,或者去江边散步。总之,我常去与珠江相会。

然而,随着对广州熟悉起来,加上工作繁忙,我去珠江边散步的时间越来越少,哪怕我住的地方离江边只有不到五六百米。但我明白,这些都是借口,是自己没有毅力。

昨天是星期五,下了班我便去买了一套运动服。我和老婆说:"从明天开始,我每天都去江边跑步,锻炼身体。一来可以增强体质,二来为我们要孩子做准备。"其实，直到昨天晚上睡觉之前，我都对今早能否准时起床抱有怀疑的态度。再加上昨晚睡得较晚，躺下了却久久不能入睡，大概凌晨两点多才睡着。所以，今早七点我起床了，这让我感到意外和惊喜，我终于战胜了自己，向那个懒惰的自己宣战了。最终，我取得了胜利。所以，我有理由给自己加分。

我下楼后沿着街道一直跑到江边，沿着江边一直往西跑。这一路上，空气自然是不必说，比市区清新多了，但让我感到奇怪的是，江边锻炼的人并不多，而且，年轻人更少，跑步的、练太极的、散步的、压腿的……百分之九十五是中老年人。偶尔碰到一个年轻人，我们都会相互瞟一眼。懂了，年轻人这时候都还在梦中，或者在上网。因为之前如果是周六，我醒了，就会打开电脑，上网，看新闻。大抵年轻人都做这些去了。但这让我对自己充满了期待。老婆说，人生有个三八法则，即八小时工作，八小时睡觉，还有八小时就是和别人拉开距离的时间。所以，要想在竞争中赢得胜利，取得比别人更好的成绩，就要利用好这八小时，而不能成天泡在网上，或者躺在床上。年轻人，应该充满斗志，应该敢于挑战自我！

珠江的水，默默地流淌，它流入大海，汇入汪洋。

（本文写于2010年1月16日）

由博友的《今夜月光澄明》想到的

今夜，广州又下暴雨了。回到家，已经全身湿透。换罢衣服，打开电脑，进入博客，看到了小青在我的《初夏听雨》一文后的留言。我便顺势进入了小青的博客。一眼便看见了她博客的第一篇博文《今夜月光澄明》。细细品读，趣味盎然，我被她优美的文字和用文字表达出的意境深深吸引了。

是的。自古以来，月亮总是被人们赋予思念的意义。当然，小青这篇博文中的月光并没有思念的含义，但却因此引发了我对故乡、对童年的追思。可是，往昔不可追啊！时光飞逝，想伸出手去抓住岁月的青丝，却越发觉得吃力，甚至无奈。我们无法挽留时光，更无法使时光驻足停留，哪怕片刻。

看罢小青的这篇文章，我在其博文后写下了这么一段话，来表达我的感慨："澄明的月光，静静的夜晚，美丽的小河，如月光般纯洁的文字……让人心生羡慕，心驰神往。这让我也情不自禁地怀念家乡，怀念童年时光，怀念那些可以看到清幽月光，欣赏到一望无际的月色的晚上。我的故乡，在鄂西的大山里，你的文字唤醒了我沉睡的记忆。想着那美丽的故乡，在月儿渐满的那些天里，月亮慢慢升起，山村越发寂静，老屋后山的影子慢慢消退缩短，我就格外思念故乡了。突然，觉得离开家乡已经好久好久了。在广州，是看不到这种月夜的，更看不到后山的影子因为月儿的升起而慢慢消退的情形。那份宁静，也是很难寻觅的。羡慕你描绘出的那宁静的夜晚和静谧的月光！"

诚然，那种月亮慢慢升起，银辉洒遍万里山川，大山的影子随着月光慢慢消退，最后月光洒满整个院子，从石板屋的缝隙里进入屋里，夜晚如白昼般亮堂，却没有白天的燥热和喧嚣，有的是猫头鹰偶尔的叫声，有的是不时的一阵狗吠，有的是山头的炊烟，有的是闪耀的点点灯火……我的脑海中浮现出儿时的画面：我们一家人，我、弟弟、爸爸、妈妈、爷爷、奶奶，在自家的院子里，在老核桃树下，乘凉或说些闲话，或者我和弟弟一起，背书给长辈们听。爷爷喜欢给我们讲故事，关于牛郎织女、天仙配等的故事，虽说可能讲了几十遍了，但爷爷爱讲，我们也百听不厌，而且每听一遍还要再问爷爷很多问题。想象着牛郎织女一起飞上天去，就幻想着自己某一天也可以飞上天。于是，在夜晚，便梦见自己飞上天去了。当然，也有邻居们来串门的，那便会泡上一壶茶来，一杯又一杯地喝茶，大人们要聊些农活儿或者肥料涨价、庄稼长势的话题。那时，我们小孩子一般插不上嘴，而且对这些也不感兴趣，所以，很快我们便昏昏欲睡了。月夜如此宁静，见我们要睡了，大伙就都散了。夏天，池塘里的青蛙这时候开始叫起来，但我们一躺上床，便听不见青蛙的叫声了，任它们自由自在地叫去。

可如今，离开故乡已经四年了，虽然每年都回去，但在家的日子毕竟还是少。如果将上大学的时间也算进去，就有八年的时间没与故乡在一起了。而如今，爷爷、奶奶、爸爸都已经先后离开了我们。妈妈一个人在家，我们唯一的心愿就是希望她健健康康的。但她是个好强的人，总担心自己家的收成没有别人家的好，于是，不听我们的劝告，要去种很多亩庄稼。她的理由很充分——没事做、闲得慌会生病的，倒是忙着反而对身体好。也许，她已经不能离开这片土地了，这或许也是命。我们作为儿女，不能剥夺老人的爱好，她爱做什么，便依着她，只是，要经常提醒她别太累，把身体照顾好。要是回家，就要去爷爷、奶奶、爸爸的坟前，与他们说说话，给他们送些银钱，以此表达那份孝心和对他们的怀念，祝愿他们在那边一切都好。

广州，这个据说"处处是陷阱，也处处是黄金"的地方，它繁华，车多、人多，但它不能给我幽静的月夜，不能给我大山的影子，不能给我"狗吠深巷中，鸡鸣桑树颠"的意境，也听不到蛙声和猫头鹰的叫声。在广州听得最多的就是嘈杂的人声、车声。可是，我又不能立即回到故乡的怀抱中去，故乡很美，却无法给我实现梦想的舞台。或许，这正好应了那句"有所得，必有所失"吧。其实，世间哪来的什么圆满，反倒是接近圆满的才是最完美的。今夜，广州倾盆大雨，希望故乡一切都好。

（本文写于2010年5月14日晚）

七月如火

已有许多时日,不曾提笔写点文章,或因工作繁忙,或因夏日倦怠,或因惰性发作。想起种种,心中颇为不安。长此以往,笔生锈,脑变钝,心渐愚,文思枯竭,势必有如山涧之溪,久旱之后必消退,那时,生气全无,岂不废了往日所学,悔之晚矣?

所幸,近月以来,每逢周末或偶有闲暇时,便捧得好书,或临窗而读,或灯下观之,或床头看之,受益匪浅。犹记上月之末,暑气正盛,一不小心,感冒顺势而至。因身体欠佳,难以继续工作,便请假在家休息。那症状无法忘记:四肢乏力,高烧不止,头痛欲裂,心烦眼花,汗流浃背。借着无须处理工作事务之机,且用心读起书来。所读之书,名曰《22条商规》,乃同事何静所荐。此书名不虚传,实为好书。尽管头昏脑涨、精力不济,一天下来,一本书已被消灭一半。收获颇多,心甚快慰。晚上加餐,便多吃一碗。由此看来,书可作良药,医治疾病。而此前,詹总监所推荐之《佐藤可士和的超整理术》,因端午请假回湖北老家,趁着漫漫旅途,避纷乱嘈杂于心外,酣畅读之,一个来回,一本书竟在不觉中读完。后来总结,这一趟旅行颇具价值，既探望父母，又借机学习，一举两得，实乃大快人心之事。古人所谓"书中自有黄金屋，书中自有颜如玉"之论，在下不敢苟同，但读书可以明智，可以充实心灵，却乃我之真悟。冬练三九，夏练三伏。炎炎酷暑，清茶一杯，好书一卷，沉心于文字，与作者交流思想，领会其中之精华，如饮甘露，如啜琼浆，哪知炎热于身外乎？

时光飞逝，岁月匆匆。猛回头，而立之年将至。即便从毕业之日算起，也已度过四个春秋。两年前，初来广州，常去珠江之滨，静听江风，看江水东流，偶有想起"逝者如斯夫"，于是，百感交集，发誓好生学习。然两年过去，进步平平。思来想去，乃决心很大、毅力不坚、懒散所致。如按近月之学习态度，不知读完多少好书。两年来，读书不少，然认真读完者不多。家中有多少好书，仍躺于安静之处？而买书之时，心中热血沸腾，恨不能一口气全买下。殊不知，书虽买回却读书未成，以致枉费心思。书不能读，借口颇多，诸如事务繁忙、身体困乏、时间有限等，不一而足。记忆中，似乎总有比读书"更重要"之事。如今想来，浪费多少好时光，做了多少本末倒置之事。悲叹之余，吾当如何？

为文者，必先利其器。器者，为文者之思也。思从何来？厚积薄发，所谓"问渠那得清如许，为有源头活水来"。此有如粮仓，欲从仓中取粮，必先存粮于仓中。抑或如水库，欲从库中取水，必先储水于库。为文者，欲出佳作，必先博览群书，勤于思考，勤于实践，正所谓"读书破万卷，下笔如有神"也，而非旦夕之功可为。纵观今年，读书不少，而作文不多，懒惰所致，懒于思考，惰于用笔。此乃为文者之不为也。人无远虑，必有近忧。如不改之，早晚自食苦果，且何如？

七月如火，乘火读书，乘火思考，乘火动笔，火势越猛，烈度越高，所煮之物、所煲之汤方可尽快熟透。"对酒当歌，人生几何？"如不行动，更待何时？

（本文写于2010年7月16日）

2010年，我在学习中前进

即将与2010年挥手告别的时候，我还是忍不住想写点什么来纪念这一年，哪怕只言片语。总结全年，我想用一句话来概括这一年我的状态：在学习中前进。对工作，对生活，都是如此。

2010年，我开始以系统的思维去思考企业文化。刚毕业那阵，虽说所在的部门叫作企业文化部，但我却不是一个真正意义上的企业文化工作者。我只是在企业文化部从事着一份自己都说不清楚的工作，这份工作要写文章，要对公司活动进行报道，要做杂志，要组织活动，要接待来访的客户。想想刚参加工作那阵，一切似乎都那么迷茫。随着工作经验的不断积累和阅历的不断增加，我对企业文化的理解开始变得清晰起来，并逐渐形成了自己的思路。明年3月，我差不多就有五年的工作经验了，从刚开始被人带领，到勉强独当一面，到真正意义上的独当一面，再到现在的带领一个小团队去开展工作，我感觉自己在不断地成长和进步。伴随着这种变化，我的思维方式也由点性思维发展到线性思维，到面性思维，再到现在的系统性思维。此前，我只知道企业文化工作是做做内刊，写写报道，搞搞活动，现在看来，太狭隘了。企业文化有着丰富的内容。为了进一步提升自己在企业文化方面的理论水平，我买了许多企业文化方面的书籍来看，通过对书籍的阅读，我的企业文化理论水平有了显著提高。当然，这些还远远不够，离我心中的目标还有很远的距离。加强学习，加强总结，将是我今后一个时期里需要认真做好的事情。

2010年，我爱上了摄影。或许，这是我全年最大的收获。自从毕业后，因为工作的需要开始接触相机。但在毕业后的四年时间里，虽然经常用相机，却只是很机械地摁着快门，稀里糊涂地用着全自动模式，虽然也拍了一大堆照片，却是杂乱无章的。今年5月，一个偶然的机会，我在路边书摊上买了一本摄影教材，这不看不要紧，一看它竟领着我走进了摄影的世界。我开始知道相机的很多品牌，开始学着用光圈优先、快门优先，最后，更喜欢全手动模式。我开始明白光圈、快门和ISO的含义。曾经，对于这些东西，我一直处于似懂非懂的状态，说不清也道不明。看着书上写着"光圈值越小，光圈越大，景深越小；光圈值越大，光圈越小，景深越大"的描述，就有种"只在此山中，云深不知处"的感觉。如今，我不仅能很好地理解这些，而且会根据被拍摄对象的需要，灵活设置参数。

由于对摄影越来越感兴趣，我加入了摄影俱乐部。从刚开始只拍与工作有关的题材，到现在参加户外人像摄影，我的摄影之路开始变得宽阔起来。这里，要特别感谢一帮爱好摄影的朋友们，是他们的帮助，才使我有了更大的进步。随着对摄影的深入了解，我们正在计划开展纪实摄影，准备着去贫困山区做一次帮扶兼摄影活动。摄影的路，原来如此遥远，未来，还有很多的路要走。此外，在对光与影的利用、构图、创意等方面，我还非常欠缺，今后需要多看这些方面的书籍。

2010年，我看了很多书。这一年，虽然薪水没怎么涨，但我的知识涨了不少，全年看过的书有：《佐藤可士和的超整理术》《22条商规》《管理的实践》《卓有成效的管理者》《企业文化师》《定位》《金字塔原理》《中国不高兴》等十多本书。此外，还买了《广告媒体策划》《Excel大全》《小团圆》《说故事的领导力量》等书。这些书籍，帮助我加强了对管理、企业文化、摄影等方面的认识。书籍是进步的阶梯，也是人生路上的朋友。

2010年，我对未来的路有了更清晰的认识。尤其是看了《男人三十五岁之前必须做的十件事》这篇文章后，我感触很深，更加明确了自己未来的职业规划。既然已经在企业文化领域工作了近五年，我今后就需要在这一块精耕细作，不断提升自己的企业文化专业水平和实践能力，使自己成为这方面的专业人才。干一行，爱一行，专一行。我坚信，随着工作经验的不断积累和能力的不断增强，我也会不断变得优秀起来。与刚毕业的那两年相比，有了非常显著的进步。那时候，不知道自己要走向何方，不清楚目标在哪里，该从哪里下手，似乎一切都抓不住，却又很想抓住一切。但是，尽管进步明显，但总体而言，这种进步还是太缓慢了，原因是危机意识不够强。所以，居安思危，早做准备，提升自己的核心竞争力，方可在未来的竞争中赢得主动权。

2011年，我将迈入而立之年。在人生中，这将是极其关键的一年。所以，我需要好好把握这一年，让这一年成为一生中更加精彩的篇章的开始。

（本文写于2010年12月29日）

永远的地坛

——深切怀念著名作家史铁生

过了今夜，就是2011年的1月1日了。但有一个人，却不能看到新年的阳光了。他就是著名作家——史铁生。今日凌晨，中国著名作家史铁生突发脑出血逝世，享年五十九岁。

今早上班，打开电脑，从腾讯新闻首页看到史铁生逝世的消息，我的心里不禁咯噔了一下。脑子里立刻出现了一个坐在轮椅上的男人的形象，还有《我与地坛》那篇文章中关于地坛的描写。实际上，已经有十多年没读过史铁生的文章了，而关于地坛的印象，也是高中时候的事情。虽然已经过去了十多年，但再次看到这熟悉的名字，却立马浮现出很多当年的记忆，由此可见史铁生对我们这一代人的影响。

对于《我与地坛》这篇文章，高中时候并不像现在这般感悟颇多。那时，或许因为年龄的关系，对人情世故的感悟远没有现在深刻，社会阅历和人生经验也还很浅薄，所以，当老师领着我们学习这篇课文的时候，首先感受到的是这篇文章实在太长，继而是要划分段落、归纳中心思想，除了要好好学习，要应付考试，那时的我其实并不喜欢这篇文章。尽管不喜欢，但在老师的细心讲授下，我还是认认真真地去阅读，去理解作者的思想，试着感受作者的情感。也因为有这样的经历，所以，时至今日，依然无法忘记史铁生的这篇代表作。这也说明了一个道理，史铁生的文章经受住了岁月的考验。

我要说的是，史铁生算是一个真正意义上的作家。那些整天在媒体上炒作、沽名钓誉的作家们，他们的文章实在太浅薄了。他们顶多算"伪作家"。史铁生的文章，有厚重感，有文化的积淀，有哲理的思辨，有人性的光辉。尤其是随着人生阅历的不断丰富，这种感觉尤为明显。今天重读《我与地坛》，这种感觉更加强烈。在作家的笔下，地坛是他生命中的一部分，地坛中的一花一草一木，都似乎与他有着千丝万缕的联系，他将自己的情感融入了地坛之中。仔细品读文章，你会发现，他似乎无处不在，但你真要找他的话，却又找不到。实际上，他已经融入了自己描写的每一处景色中。

如今重读《我与地坛》，当年那份不解已经没有了，有的是对饱含感情的文字的热爱，有的是对作家生命体验的感悟，有的是对作家生命情怀的尊敬。他一遍遍地说"可是我的母亲已经不在了"，言语间透露出真挚的母子之情。在刚瘫痪的那几年，作家沉浸在无限的痛苦中，他每天不说话，每天都去地坛，一待就是一整天，这让他的母亲非常担心。他的脾气也不好，母亲看在眼里，但却不敢表露出来，担心因此让自己的儿子更加难过。可实际上，最难过的还是母亲。后来，作家感悟到了生命的真谛，走出了阴影。

再次看到史铁生的新浪微博，看到他写的微博，我突然有种莫名的忧伤，他已经永远地离开了我们，而他的微博还在。这如同他的思想，虽然人已经走了，但思想的光辉永存人间。其实，他身上体现出来的精神，不仅仅是对生命的感悟、对人生的思考，还有对文学的执着，是那种没有功利心的对文学的执着。

今夜，将最好的祝福送给史铁生，祝他一路走好。但愿他可以和他的母亲在天堂相遇，再续母子深情，而他也不必再忍受透析的痛苦、疾病的折磨，可以潇洒地去他想去的任何地方。

（本文写于2010年12月31日）

想念那连绵起伏的群山

早上，无意间看到了本相的微博中那张连绵起伏的群山的照片，一下子就触动了我心底那个最安静的角落。本相说，那张照片是他站在老家院子前面看到的景观。我在微博上回复他，看到照片中连绵起伏的群山，让我格外想家。而从我办公室的窗子望出去，外面是望不到边的高楼大厦，连山的影子都没有。他回复说："那就多回回家吧。"真的，好久没见到过这么亲切的山了。一层层的，绵延到远方，消失在视野的尽头，与天融为一体。

记得上次见到这样的大山，还是十多年前。那时候还在老家的中学读书，偶尔放假了就回家帮老妈砍柴，也有机会去山上。于是，站在山巅，就可以看见那连绵起伏的山了。小时候，总是猜测着大山的那一边是什么样子，但无论如何也猜不透，于是，希望有一天可以去到那座最远的山的那边，看看到底是什么样子。期待着，期待着。随着我第一次踏出县门，第一次踏出州门，第一次踏出省门……我看到了五光十色的世界，山外真的很大很大。在那广袤的平原，在那浩瀚的大海，在那高楼林立的城市，我终于理解了什么叫作"花花世界"。但随着我迈出山门的脚步越来越大，我离大山的距离也越来越远了。以至于很久很久,我的脑海里都很少会想起站在山巅遥望远方的情景,忘记了陪伴自己长大的群山。

终于有一天,这种情感被一张照片深深地唤醒了。感情的闸门一下子打开了,对故乡的思念犹如潮水般奔涌而出。这一天,就是今天,就是看到本相微博照片的那一刻。在与本相的交流中,我们从对老家的思念谈到对现实的体会,再到对人生的思考。我说:"在过去的五年里,我学到最多的就是务实,就是不图虚名,不好高骛远,做最普通的事,做最普通的人,过最平淡的生活。我们都认为,夫妻团聚,父母相随,生儿育女,天伦之乐,是最幸福的事情。"本相说:"只要我回去了,马上就可以有自己的家,有夫妻的团聚,可以考虑要小孩,可以把父母都接到身边来,该多好啊!"对此,我也有着完全一致的看法。从这一点也看得出,他是一个多么有情有义的男人,是个好丈夫,是个好儿子,也必将是个好父亲。因为我们很多的观点不谋而合,本相说:"你说的很多话都跟我想的如出一辙啊,知己啊!"看来,我们真的不仅仅是老同学,更是志趣相投、感同身受的兄弟、知己了。什么叫知己?就是最知自己、最懂自己的人。我们对人生的理解几乎相同,把功名利禄都看得很淡很淡,而把能与家人享受天伦之乐看作幸福的真谛。在这里,再次祝愿本相早日圆了他的团圆梦。

窗外的天空灰蒙蒙的,即便是模糊的远方,也是望不到头的高楼大厦,有的似在云端,有的似在雾里。而老家那大山的身影却越发清晰起来,在我的脑海中久久浮现。看,那大山一座连着一座,在清晨的阳光下,升腾起薄薄的轻雾,而天幕却是蓝色的,还飘着几朵白云。在近处,脚下的草地散发着清香,花瓣上滚动着闪亮的露珠;乡亲们的屋顶上,炊烟袅袅;身后的树林里，鸟儿在歌唱；自家的院子里，大红冠的公鸡伸长了脖子引吭高歌，小猫和小狗在肆无忌惮地嬉戏，老妈抱了一捆柴走去厨房……

（本文写于2011年9月19日）

默默地消化，平静地面对

最近，感觉经历了很多事，很想好好地记下来，却不知用什么词语去串联起那些琐碎而又复杂的感受。我没有把这些情绪宣泄出来，而是自己默默地消化，然后平静地去面对生活和工作。

这段时间，最牵动我们一家人的是岳父的眼睛。由于误用了药物，岳父的眼角膜被烧伤。因在湖北老家治疗效果不明显，他和岳母一起来到了广州。经过一个星期的治疗，他的眼睛还是没有好转。昨天眼科的医生说再用药一个星期，如果还没有改善，就要动手术了。岳父的情绪波动较大，时常闹着要回去。有时候好不容易安抚好了，但过了一两天，他又变了。老人家远离故土，加之总想着家里那一亩三分地，又觉得在这边给我们增加负担，所以，他情绪波动很大。希望一切都顺利，岳父的眼睛能够如期好起来。

接下来要说说很累但很快乐的事情。首先是腾腾满半岁了。虽然现在夜里偶尔会哼哼唧唧的，但总体来说比以前要乖多了，也不整晚整晚地闹了，夜里会呼呼大睡，饿了就要吃，吃饱了就又呼呼大睡。每天下班回家，他看到我，都会对着我甜甜地笑，这让我一天的疲惫瞬间烟消云散。明天就放五一长假了，我计划带他去公园玩一下，希望天气能给力一点。也希望他快快长大，我们可以一起出去旅行。

其次是老婆的工作终于尘埃落定了。经过不懈的努力，她也进入了一家国有企业。据说，这次面试那个岗位的人多达二十余人，最后公司选择了她，说她工作经验丰富，亲和力强，态度积极。我为她感到骄傲。

再就是我学习的事情。周一至周五，我在公司上班，周六、周日本可以休息，但为了提高自己的综合能力，我报读了华师的培训班，利用周末的时间去学习。按照要求，我是周末两天都要上课的，但因为家务实在太多，我推掉了周六的课程，只上周日对我更具实际意义的课程。因为五一期间放假，学校将课程提前安排到了晚上。昨晚，我下班了就朝着学校奔去，天下着雨，到学校门口吃了晚饭，天已经黑了，校园的路上到处是积水，皮鞋也不争气，都被浸湿了。由于衣服穿少了，我冻得发抖。一个人行走在漆黑的雨夜里，心里有一种莫名的孤独感。为了不耽误学习，我虽在心里犯嘀咕，但脚步却没有犹豫。上完课，已是九点半。出了校园，等了很久都没有的士，无奈之下，我准备从暨南大学穿过去，到黄埔大道打的，谁料，在暨南大学的校园里，我居然神奇地打到的士了。这让我感悟到：有时候勇敢尝试，奇迹或许就会立马出现。与其等待奇迹发生，不如另辟蹊径，或许奇迹就在下一个路口等你。

（本文写于2012年4月28日）

秋天来得太突然

我是一个感性的人，每逢初秋时节，我的情绪就会低落，看着窗外低沉的天空，以及被秋风吹动的花草树木，我就情不自禁地生出许多的感伤来。为此，我会感觉自己是那么渺小，是那么卑微，是那么无足轻重。于是，我开始反思自己的工作、生活和学习，反思自己的过去，思考自己的未来。

在这样的时节，我最喜欢的还是陈子昂的那首《登幽州台歌》："前不见古人，后不见来者。念天地之悠悠，独怆然而涕下。"那种苍茫的气氛，那种旷古的豪情，都因为秋的味道，而披上了苍凉，使人肝肠寸断。愈发让人感觉人生苦短，生命有限，而还有多少未竟的事业在等待着。

在广州这样一个南方的都市里，能感受秋天的味道，自然是十分难得的。习惯了一年四季的火热，突然就凉风习习，总有些不能接受，也一时难以适应。其实，与其说是难以适应，倒不如说是不愿去适应。因为，这秋天来得太突然了，而我还没有准备好。

是的，转眼间，我已经跨过了三十岁这个门槛，开始奔四了。时间真的如白驹过隙，一眨眼，我已经不再那么年轻，青年这个词，正在离我越来越远。我是多么不舍啊！但却无可奈何。生命的车轮不会因为我的不舍而暂停，如果真的暂停，那就是出了问题，那就意味着到了终点。所以，岁月无情啊！它不以人的意志为转移，一刻不停地向前，向前……谁也无法阻止它。然而，我却有太多的事情还没有做，还没有准备好。

所以说，我感觉秋天来得太突然，就如这岁月，在我没注意的时候，已经迈过了三十岁这个门槛，向着四十岁前进了。我是多么希望它可以慢点，再慢点，但这有什么用呢？我能做的，也只有抓住时间，努力去实现自己的目标。

（本文写于2012年10月18日）

七夕夜话

七夕的傍晚,广州下了一场雨,一场很大很大的雨。

伴随着大雨的,是大风。那风吹得天上的乌云东躲西藏,吹得地上的沙石飞来跑去,吹得窗外的树木东倒西歪。我打开所有的窗,风便无孔不入地钻进屋来,顿时,屋里便凉爽起来。"下雨咯,吹风咯,好舒服啊!"我对着窗外的风和雨大声喊道。

感觉广州似乎已有许久没有下过这么大的雨了。事实上,两个星期前,还相继下了几场大雨。但那几次,我都因为诸多事由没有时间欣赏或感受大风大雨带来的舒畅。今天,因为是周末,加之比较清闲,又恰逢这样一场给力的雨,还夹杂着如此带劲儿的风,所以,甚感惬意。

这样的风,这样的雨,算是给七夕的一份特别的礼物了。想必那牛郎和织女也应该高兴了。因为这样一场风,将乌云吹开,他们得以隔着天河看见彼此。这样一场雨过后,那天河的水也该涨起来了,他们应该可以乘着小船见上一面了。哦,差点忘了,其实即便不吹这风不下这雨,他们今天也是可以相见的。传说不是有很多喜鹊会在今天为牛郎和织女搭起一座鹊桥吗?

或许，此刻的他们已经相聚，互诉一年来的相思与衷肠了。是啊，牛郎和织女都相见了，而我和妻子，在这个七夕，却不能相见，这让我们都倍感遗憾。

白天，我去超市购物，路上看见一个男生捧着一大束玫瑰花边走边打电话，我想，他这是要去见他心爱的人吧。那玫瑰花在男孩的怀里，仿若跳动的火焰，充满热情，美丽极了。我能想象得到那个幸福的女孩，在接到玫瑰花的时候，该多么感动，多么开心！虽然我并不认识他们，但我在心里默默祝福他们，希望男孩永远珍惜女孩，女孩也永远珍惜男孩，希望他们幸福恩爱一辈子。

人总是喜欢触景生情，我也一样，尤其是在七夕这样一个特别的节日里。想象着别人的浪漫，我也情不自禁地想起我与妻子曾经的那些故事。一转眼，我们已经一起走过了十个年头。刚恋爱的时候，我们天天在一起。后来毕业工作了，我们还是天天在一起。再后来，为了获得更好的发展，我只身离开中山，来到广州。从那时起，我们变成了"周末情侣"。这样的日子，持续了一年半的时间。再后来，我们都到了广州，并慢慢在广州安定下来。一路走来，记忆中的七夕，伴随着我们打拼的印记。虽然这个世界变幻莫测，但我们对彼此的那份初心始终如一，从未改变。

现在已过了零点，眼看着今年的七夕在我的写作中逐渐远去，我是多么希望留住这时光，等我的爱人回来，一起感受七夕，一起拥抱七夕。然而，世事沧桑，岁月无情，时光不会停留。过了今天，就不再是今天。过了这个七夕，就少了一个七夕。所以，无论是对心爱的人，还是对亲人和朋友，懂得珍惜，才是人生的真谛。说什么弥补，或者又指望着下一次，那都是自欺欺人，因为，时光不会倒流，人生没有重来。人之一生，能够做到的，就是两个字：珍惜。

（本文写于2014年8月3日）

奋斗吧，少年

从外面回来，已是下午六点了。因为中午没有休息，整个下午头都在痛，所以一到家，我便和衣躺下了。一觉醒来，已是晚上九点。头已经不痛了，我便起了床，打开电脑和台灯，泡一杯绿茶，开始一边品茶，一边记录今天发生的一切。因为今日对我而言，是有着特别意义的一天。

在正式说今天的事之前，先说说这杯茶吧。这看似普通的茶，于我而言，却是特别的。这是上次回老家，在恩施的时候，大学的同窗好友富兄送给我的，这是产自恩施的茶，是来自老家的茶，更是老家老友送的茶。茶香中有故乡的芬芳，有好友的情谊，喝着、品着，心就慢慢地平静了下来。

时间过得真快啊，我们已经迈入毕业后的第九个年头了。遥想刚刚毕业踏入社会之时，我们都是懵懂青年，九年过去，我们都已成家立业，也都已为人父母。幸运的是，九年的时光，没有磨灭我们的友谊，虽然相距千里，我们却始终保持着当年的那颗赤子之心。喝着这清茶，想着曾经校园里一起走过的那些同甘共苦的日子，尤其是一起喝着绿茶无话不谈的夜晚，心情便激动起来，感觉自己依然年轻，还可以好好地去做一些事情。人生是短暂的，人的一生又有多少个九年？有句话说得好，我们无法延长生命的长度，但我们可以拓展生命的宽度。我想再加一句，我们还可以增加生命的厚度，让人生变得更厚实一些。比如这友谊，便是增加生命厚度的好东西。

茶香袅绕，下面来说说今天的事。上午，吃罢早餐，我和老婆步行四十分钟去了广州图书馆。说来惭愧，一转眼来广州已六年了，这还是第一次真正地走进广州图书馆，第一次进去读书，第一次从广州图书馆借书。现在想想，我着实浪费了大好的时光和资源，居然忽略了身边偌大的一个知识宝库，心中顿生很多悔意。如果六年来，我充分利用了这个资源，或许我的人生就是另一种轨迹了。但时光不会倒流，人生不会重来，唯有抓住现在，才能把握未来。如果停留在对过去的无限悔恨中，便会忘记前进的路。泰戈尔老先生说："如果你因为错过太阳而流泪了，那么你也将错过群星。"所以，认识到问题的存在，接下来要做的就是"改邪归正"，走好今后的路。

虽然以前也到过广州图书馆，但那都是走马观花式地游览。上周，我利用中午午休的时间，在图书馆办理了借书证。今天第一次走进图书馆，才发现原来这里装着一个偌大的世界。据了解，广州图书馆新馆总建筑面积将近十万平方米，馆藏文献四百余万册（件）。更为重要的是，广州图书馆的设备先进，有阅览座位四千个，供读者使用的计算机有五百台，有线网络节点四千个，无线网络覆盖范围为百分之百，实现藏、借、阅、咨一体化，全面应用无线射频识别技术、文献自动分拣系统、自助服务设备，实现了高效精确的典藏管理与便捷服务。所以，今天走进广州图书馆，真有种相见恨晚的感觉。

从图书馆出来，我们便去了迪卡侬运动超市。迪卡侬运动超市的衣服便宜且质量也不错，所以，自从到珠江新城上班后，我们有空便去逛逛。今天也是顺路，便进去看看是否有中意的衣服。由于是周末，超市里面人很多，也很热，我便脱了外套。但谁知在我脱外套的时候，我的钱包掉了出来，而我却浑然不知。就在我们试穿衣服的时候，超市的广播里面说："哪位顾客丢失了钱包，请到服务台认领。"我听到这个播报后，庆幸地说："哇，谁这么幸运，钱包丢了居然还可以找到。"我老婆也附和着说："是啊，真是走运。"但她又马上对我说："你看看你钱包在不在。"这不看不打紧，一看我发现我的衣兜里，包括背包里都没有钱包。难道广播里说的那个钱包是我丢的？我带着满腹的疑惑去服务台询问。我说明情况，服务台的人员问我："请问您叫什么名字？钱包里面有些什么东西？"我一一作答，她微笑着说："这是您的钱包。"那一刻，我的心中充满了无比的感激。我事后发了条朋友圈，感慨地说："真没想到那个幸运的人居然是我自己。"大家纷纷在朋友圈向我表示祝贺，有为我的幸运叫好的，有说我人品好的，有说好人有好报的……而其中一位说的"最幸运的是，你娶了个细心的老婆"，让我有种一语惊醒梦中人的感觉。

　　现在回想起来钱包失而复得这件事，真是有惊无险。要知道，这个钱包里面装了我最重要的资料。而银行卡、信用卡、医保卡，虽然都有密码，但如果真丢了，补办起来会相当麻烦。加上上午还取了现金放在里面，所以，如果真丢了，后果将会很严重，损失也会很大。因此，我更觉得自己是幸运的。首先，就如那位朋友说的，我最幸运的还是娶了一个细心的老婆。如果没有她的提醒，我还在为别人丢了钱包能够找到而庆幸。其次，世上还是好人多，迪卡侬超市的员工都是很棒的。我应该写一封感谢信给他们，赞美他们拾金不昧的精神。就如朋友们说的那样，"好人有好报"。通过这件事，我也要更加努力，去做一个更好的人。凡事都要做到尽心尽力、问心无愧，心存善念，努力去做父母的好儿子、妻子的好丈夫、孩子的好父亲、朋友的好兄弟、国家的好公民。

此时此刻，我想说一句：奋斗吧，少年！抬起我们的头颅，打开我们的心灵，迈出我们的脚步，迎着光明，心怀梦想，向着更加美好的未来——冲吧！

（本文写于2015年1月10日）

让改变发生

还有一小时,就要宣告甲午年的工作正式结束。明天,我将起程踏上回家的路,心情自然是激动的,感慨自然是万千的,想说的话有一箩筐。

回首即将过去的这一年,我是该为我的2014年点赞的。第一,在亲朋好友们的大力支持下,在我和小刘同学的辛勤努力下,经过八年的奋斗,终于在广州实现了"买房梦"。对"富二代"们来说,这样的事情或许不值一提,但对我们而言,这是我们通过自身努力得到的。第二,除实现了"买房梦"外,我们信守承诺,在节前还了十万元的借账,这极大地减轻了2015年的还款压力。在这里,要特别感谢每一位帮助和支持我们的朋友,没有你们的支持,我们的买房计划就难以在2014年顺利实现。而对于我尚未还款的朋友们,虽然你们叫我不要急,但也请你们放心,我不会辜负你们的信任。第三,我从集团投资企业部调到集团总部,进一步提升了工作平台,扩大了工作视野,而小刘同学也在这一年实现了职位的提升。第四,经过一年多的努力,在不知牺牲了多少个周末后,我于2014年6月正式取得了机动车驾驶证,小刘也在这一年内完成了科目二和长途的考试,为2015年顺利拿证奠定了基础。最后，我与小刘同学迎来了相知相爱十周年的纪念日，我们的爱情结晶——儿子腾腾也迎来了三岁生日。腾腾的健康成长，离不开我们可亲可敬的双方父母的悉心照顾，他们跟着我们吃了很多苦，受了很多罪。我们的每一点进步，都饱含着他们最无私的爱。除此之外，我利用业余时间完成了四百万字的阅读量，其中最值得一提的是读完了《曾国藩》（上、中、下），曾国藩的为人为学之道让我深受启发。

下班的铃声响起，正式宣告了2014年我的工作时间的全面结束。2015年，是一个新的开始，无论是公司的事情还是自己的事情，都有很多。为此，必须铆足劲，珍惜时间，努力去做好每一件事，为2015年有一张更漂亮的成绩单而奋斗。在此，也衷心祝愿每一位朋友生活喜气洋洋，家庭幸福美满，事业蒸蒸日上，身体健健康康。

（本文写于2015年2月16日下午）

2015年的五个字

2015年对我们而言，是承上启下的一年，也是积极进取的一年，更是收获满满的一年。回顾2015年，除各项工作顺利完成以外，我想用以下五个字来总结这一年。

第一个字：信

回顾过去的一年，"信"字无疑是排在最前头的。上半年，我们集中精力还完了因2014年购房时向朋友借的全部债务，没有辜负任何一位朋友的信任。人无信不立。感谢每一位帮助我的朋友，感谢你们在我们最需要帮助的时候伸出援手。这份情谊，我将铭记。

第二个字：孝

古人云："百善孝为先。"2015年，应该说是我们努力尽孝的一年。

自2012年开始，不是老妈过来广州帮我们带腾腾，就是岳母过来帮忙带。所以四位老人常年分居。他们辛苦了大半辈子，到老了却还要给我们帮忙带孩子，并忍受夫妻分居的痛苦。虽然他们从没有说分居有什么问题，但常言道"少年夫妻老来伴"，人老了，老两口在一起，互相有个照应，一起安度晚年，才是他们应该拥有的生活。因此，为了结束父母的分居之苦，尽最大努力让他们不再奔波，我与妻子同心协力，在腾腾正式上幼儿园后，就挑起了自己带孩子的担子。虽然为此我们比以前要更操心更辛苦，但这是我们的义务，也是我们的责任。事实证明，我们完全可以挑起这副担子。

2015年8月，利用公司放高温假之机，我偕妻子和孩子一起回湖北老家看望父母，并在武汉租了车，载着岳父岳母第一次到了我的巴东老家。一方面，刷新了我们结婚七年来，双方父母因距离太远没有互访的历史；另一方面，也让四位老人聚聚，尤其是让岳父岳母看看我老家的山山水水和一草一木。对于一直在平原生活的他们而言，走进大山深处也算是一次不错的旅行。在结束巴东之行返回湖北荆门的时候，我带着岳父岳母顺道游览了三峡大坝。这次旅行，他们感到很开心，也觉得很幸福。作为子女，看到老人开心，我们也感到无比幸福。

第三个字：学

这一年，我们俩都没有停下学习的脚步。首先，玲玲通过自己的不懈努力，顺利取得了驾驶证，并通过租车等方式有了上高速的体验，为我们今后买车后能开车奠定了基础。其次，我们利用业余时间，读了一系列书籍，参加了一系列培训，进一步提升了自身的综合素质和文化修养。上半年，我主要读了《红楼梦》，下半年，虽然在病中摸爬滚打，但进入12月，我开始重拾书本，对《东周列国志》产生了兴趣。最后是正式将腾腾送进了广州无线电集团幼儿园，虽然学费较贵，但也在我们的能力范围之内。除了在学校的学习以外，我们也没少在他的学习方面投资，为他购买了大量书籍及智力开发资料，而他自己在这方面也有不错的表现。

第四个字：兴

所谓"兴"，是为兴起、兴盛之意。经过九年的奋斗，我们于2014年在广州购买的房子提前半年交了房，并于2016年元旦期间领取了钥匙。年前，我们还完成了户口的迁移手续，正式成为广州户籍，户口也落到了我们的房产上。年前，我们利用送孩子回湖北老家后周末相对轻松的机会，抓紧时间或定制或购买了接近百分之九十的家具家电，为2016年的顺利入住奠定了基础。

第五个字：坚

这个是"坚持"的"坚"，其实也可以是"艰苦"的"艰"，只是觉得再艰苦，也得要坚持，所以，还是用"坚"这个字。

2015年于我而言，是艰难的一年，但也是坚毅的一年。五一劳动节期间，我的腰椎出现严重疼痛，最终诊断为腰椎间盘突出。自5月开始至年底，我基本一直在与该病做艰难斗争。在初期，因疼痛难耐又医治无方，我曾心灰意冷。后来，幸遇广仁门诊杨主任，得以好转。同时，我改睡硬板床，购买了家用单杠每天练习，并坚持走路上班。经过大半年的努力，我的腰椎间盘突出有了明显好转。大半年来，病痛一直折磨着我，但在妻子的陪伴下，我顽强地挺过来了。回想一路的艰辛，我只能用坚持或者坚毅来形容。时间滑向9月，在9月3日阅兵日放假期间，我因药物过敏而手足长满红疹，又痛又痒。几经治疗，后经小区吴医生的耐心治疗，终见效果。因为过敏及敷药，我的双手和双脚全部蜕皮，甚至脚趾也换了新的脚指甲。时间前后跨度长达一个多月，这真的是一次"脱胎换骨"的病。

现在回想起来，苦难并不可怕，只要有勇气，就没有过不去的坎儿，就没有翻不过的山。困难和痛苦都只是暂时的，都将成为历史。而新的希望，总会因为我们的坚持而到来。

（本文写于2016年2月19日）

由读《白鹿原》想到的：我该往何处去？

今日下午，因为陪孩子去学轮滑，为打发等待的时间，我便来到万达广场，希望寻找一个可以让我静下来看书的饮品店。然而，看到一家家饮品店里人头攒动又拥挤嘈杂的情形，我便有些怅然若失了。我说："若是有星巴克就好了，那里应该没这么多的人。"妻子说："一楼就有啊。"我喜出望外，来到星巴克，人虽然也不少，但相比其他店里的嘈杂与拥挤，这里明显安静许多。我选了中间较高的吧台坐下，并点了香草拿铁。咖啡的清香让我兴奋，我按捺不住好心情，遂翻开随身携带的《白鹿原》读起来……我完全沉浸在了书中的世界里。

在学生时代，我曾读过《白鹿原》。厚厚的一本书，我囫囵吞枣般读完了。对故事的印象停留在白嘉轩和鹿子霖的争斗，以及他们下一代参加革命。而书的第一句我记得滚瓜烂熟："白嘉轩后来引以为豪壮的是一生里娶过七房女人。"

学生时代读《白鹿原》，虽然读得不够仔细，或者是为读书而读书，但毕竟是读完了，而且也对故事有了总体印象。但我不曾想到，读这本书的经历却在我后来进入广汽时发挥了作用。犹记得那是2013年年底，我被通知到广汽的总部面试。其中一个环节是由分管人力资源的领导与我面谈。我敲门进去，他和蔼地请我坐下，然后问了我三个问题，其中一个问题就是是否读过《白鹿原》。我说："读过。"他又问我如何看待这部书，我说《白鹿原》具有历史的厚重感。听了我的回答，领导点了点头。我想，他应该是比较认可我的回答。如今，进入广汽总部已四个年头了，每每回想起这件往事，就不由得庆幸自己当初读了这本书。这也印证了"机会只留给有准备的人"这句话。

距离第一次读《白鹿原》已过去十二三年，如今，再次捧起这本书，别有一番体会。磅礴的气势，厚重的历史……无不让我着迷。这就如品陈年老酒，是那么醇香与深厚，让人回味无穷、不能自拔；这就如再会久别老友，是那么亲切与真挚，让人推心置腹、喜不自胜。当然，随着年龄的增长，再次读《白鹿原》的心境已大为不同。学生时代，是为了不虚度光阴而读。如今，生活在这个竞争激烈的社会，为了在未来不被淘汰，必须鞭策自己要勤于学习。通过读书，让自己一直在学习，在学习中思考，在思考中升华，在丰富文学素养的同时，使自己保持忧患意识，为适应未来社会的发展而积蓄力量。谈到《白鹿原》，就不得不说说作者陈忠实先生。去年4月，正是万物蓬勃生长的时节，一代文学大师陈忠实先生却永远地离开了这个世界。如今，再读《白鹿原》，更深刻地感受到了陈先生的如椽巨笔，沐浴着《白鹿原》折射出的思想的光辉以及文学的光芒，不仅是对陈先生的最好纪念，更是对自己的激励与鞭策。

人生在世，难活百年。即便活过百年，但相对于整个宇宙，人之一生也犹如草木一秋，极为短暂。我时常会想：当我们将来离开的时候，会给这个世界留下什么？毫无疑问，陈忠实先生给我们留下了宝贵的精神财富，他虽已远去，但他的思想永存，并将浇灌着一代又一代人的心田，成为这个民族、这个国家、这个世界不断进步的精神食粮。每当这时，我总会对那些能够青史留名的人生出无限的敬佩。他们，就如浩瀚夜空中的星星，是那么深邃，又是那么高远，无论世事如何变迁，无论时代如何发展，他们都发挥着影响力和感召力，激励着一代又一代的后人。比如苏武、李白、岳飞……灿若群星，无法一一列举。虽然他们青史留名的方式各有不同，但他们都以自己的方式在历史的天空留下了自己的坐标。

唐太宗说："以铜为鉴，可正衣冠；以史为鉴，可知兴替；以人为鉴，可明得失。"对照古人，反观自己，心情便难以平静。如今，我已"奔四"，在过去的三十多年里，我为这个世界留下了什么？如果这样日复一日地活下去，即便活到一百岁，对这个世界又有什么意义？又能给这个世界留下什么？每念及此，心便一沉，不禁问自己："我该往何处去？"人生的目标是什么？难道就是这样庸庸碌碌地活着吗？如果是这样的人生，一旦离开这个世界，将如未曾到过这个世界一样。试问，这样的人生意义何在？

有句话说得好："人生没有彩排，每天都是现场直播。"也有人说："人生就是一节电池，电量会越来越少，当电量耗尽，人生也就走到了尽头。"对每个人而言，生命只有一次。唯有珍惜生命，让生命焕发出光和热，去照亮这个世界，去温暖这个世界，当大限将至，才不会因碌碌无为而后悔，才不会像没来过这个世界一样，才可以告慰自己，没有辜负上天赐予的生命。

（本文写于2017年10月21日）

有关成功的四点感悟

最近，在创作小说的过程中，对如何走向成功有了更深刻的感悟：

一是对王国维的"三境界"有了更加深刻的认识

第一境界，"昨夜西风凋碧树。独上高楼，望尽天涯路"。这是寻找人生方向的阶段。刚毕业的时候，对自己的未来感到一片迷茫，不知道自己想要什么。但随着阅历的丰富，慢慢的，逐渐知道了自己将要去向何处，也就是明白了"我要到哪里去"的问题。毕业参加工作十二个年头了，这么多年来，我一直坚持的就是写作，梦想自己成为一名作家。随着时间的推移，我对实现这一梦想的愿望越发强烈，也越发坚定。

第二境界，"衣带渐宽终不悔，为伊消得人憔悴"。这是为目标努力奋斗的阶段。近几年来，随着在广州安居乐业，我开始为自己的梦想打拼。当前，我正在创作小说，朝着自己希望的目标迈进。这个过程，是艰苦的，但也是值得的。一方面，为了创作，为了梦想，我得付出大量心血和汗水，牺牲很多空闲时间，要静下心来，排除一切干扰去写作。另一方面，我还得做好手头的工作，忍受因为身体原因给自己带来的痛苦。但想一想这是为梦想在努力，所有的痛苦就都显得那么不值一提了。梦想，就如一颗闪闪发光的星星，在召唤着我，在激励着我，在鞭策着我。纵然为此付出再多的精力和心血，都是值得的。这既是当前的追求，我认为，也是我毕生的追求。

第三境界，"众里寻他千百度，蓦然回首，那人却在，灯火阑珊处"。这是经过一番打拼之后目标实现的心境。这种感觉就好比驾驶着汽车，本来是要到达某个目的地的，但一路只顾风雨兼程地往前赶，以至于已经超过目的地一段距离后，才发现目的地居然被自己抛在了身后。

二是更加理解了成功之路的艰难

比如有人说："无论生活多么艰难，你总会成功，关键是不放弃。"这句话对我的激励作用是显而易见的。这就是我当前的生动写照。我明白，为了梦想，我需要过艰苦的日子，忍受身心的疲惫和煎熬，但即便如此，只要不放弃，我就会成功。比如从朋友那里了解到的"不问耕耘，但问收获""没有一种坚持会被辜负""能坚持下去，毫无捷径可走，不过是把所有该受的苦都一一尝遍罢了"等励志的话语。这些话语告诉我，要想成功，就要学会坚持，不要想着走捷径，也没有捷径可走，如果对成功非常渴望，就要把通向成功之路的苦全部尝遍。如果说成功就是登上珠峰之巅，那么，登山过程中的一切艰难险阻都是必须去面对和克服的。任何通向光明彼岸的道路都不可能是一马平川的，也不可能是一帆风顺的。这也印证了那句话：

"无限风光在险峰。"要想看到最美的风景，就必须忍受常人不能忍受的痛苦，就必须付出比常人更多的努力。

三是更加坚定了为梦想奋力拼搏的决心和信心

古语有云："不经一番寒彻骨，怎得梅花扑鼻香。"曾经，我对这句话不以为然，甚至嗤之以鼻。但经过一段时间的咀嚼和体悟后，我反而越发喜欢这句话里所包含的哲理和内涵。要想实现自己的梦想，要想梅花扑鼻香，就必须经过一番寒彻骨。要想拥有更加从容的生活和美好的未来，必须勇毅笃行，每天为梦想付出一点，日积月累，就会越来越多，相信终有积累达临界点的那一天。坚定信心，向着目标一步一个脚印地前行，再远的路，也终有到达的一天，再高的山，也终有被翻越的一天。

四是要彻底摒弃贪图享乐的思想，保持艰苦奋斗、一往无前的姿态

贪图享乐是人的本性，谁不爱享乐呢？但如果贪图享乐，止步不前，则会贻误青春，待到白了头，唯有空悲切。贪图享乐，确实是人之一生中最大的隐忧。一个人如果陷入贪图享乐的泥潭不能自拔，就会被这种自我放纵与自我堕落所吞噬。安于现状，不思进取，贪图享乐，是人生的大敌，必须坚决彻底与之决裂。

（本文写于2018年4月12日）

跑步机上的独白

今早,终于再一次站在了跑步机上,距离上一次跑步,时间已经过去十八天,前期跑步积累的能量正呈现递减趋势。十八天前,因为连续多天的锻炼,每天的精力都特别充沛,一整天不休息,精神也照样特别好,但最近却出现了"中午不睡觉,下午就犯困"的情况,另外还感冒了一次。

经过一番休整,身体状态逐渐好转,就想着要重新跑起来。其实,昨天早上就想跑步,但因为担心太冷,最终还是没有战胜自己。今天,我终于再一次战胜了自己,重新站在了跑步机上,开始了新一天的跑步。

想一想,昨天晚上,我已为今天的跑步做了思想上和行动上的准备,提前把运动装准备好,把护膝也放在一旁,定好闹钟。今早六点半,闹钟准时响起,我在煎熬了一分钟后果断起床,快速穿衣,戴上护膝,穿上运动鞋,打开跑步机,随着跑步机的开启,新的征程开始了!

事实证明,虽然穿得很少,但是完全不觉得冷,跑了几分钟以后身体发热。由此可见,很多事情在想象中都是很困难的,但是只要你想突破,提前做好思想和行动上的准备,就能够促使自己战胜自己,从而迈向一个新的开始。

在生活和工作中，我们经常会遇到这样和那样的困难，这些困难就如一座座小山挡在我们的思想面前，让我们在刚刚产生前进的想法时，就不得不面对困难之山。

在面对这座困难之山时，我们有很多时候都会感到畏惧、胆怯，甚至动摇，担心自己无法战胜困难，无法达到目标。其实，面对困难产生畏难情绪，这是人之常情，但战胜困难却是我们应该具备的能力。我们不能因为小小的困难，就放弃了前进的目标，所以，无论困难有多大，我们首先自己必须在思想上、心理上和行动上动员自己，就像冬天哪怕再冷，我们都得跳进冰冷的河里去游泳或者冲到寒风中去跑一跑。事实上，当你跳进看似冰冷的河水中或者是冲进看似刺骨的寒风中去游泳、去奔跑的时候，你就会发现，河水其实也并没那么冷，寒风也并没那么可怕，你在运动中会发热，你的热量会驱散寒冷、驱散恐惧。在运动中，你还将变得更加强大、更加坚强。同时，你也将实现你的目标。再回首，那些曾经在你思想之门前阻止你、恐吓你的困难之山，早已灰飞烟灭。

这让我想到，作为一个业务人员，必须具备的最基本的素质就是要有战胜困难的精神，要克服自己的畏难情绪，做到任何时候都敢拼、敢冲、敢闯，保持"狭路相逢勇者胜"的气概。面对我们的目标，我们必须全力以赴、毫不动摇，坚定地向着目标发起冲刺。对于前进道路上的一切困难，我们都迎难而上，决不退缩，拿出逢山开路、遇水架桥的精神，一路披荆斩棘。相信有了这种精神，我们的事业将无往而不利。

（本文写于2023年12月8日）

诗歌篇

朝阳点燃我的心

清晨,

我走出大楼,

迎面便见鲜红的朝阳。

她像一团火,

点燃我沉睡的心。

我喜欢朝阳,

那还是很小的时候。

在想象中,

有个模糊的样子,

她清新可人,

一颦一笑,一举手一投足,

都让我痴迷。

我时常在那些朝露晶莹的清晨,

牵着羊儿,

在山坡上欣赏那朝阳,

直到妈妈叫我,

该吃饭了。

朝阳,

她冉冉升起,

使人激动。

她散发光和热,

令人钦佩,

她默默奉献,

让人景仰。

不知什么时候,

朝阳留在了我的心中。

多少个可怕的深夜,

多少个寒冷的冬日,

她照亮了我心中的黑夜,

照亮了我那遥远的梦,

我是在朝阳的照耀下走到了今天。

那清晰而真切的朝阳,

在梦幻年代过后的某个金秋,

来得那么突然,

我几乎没有任何准备。

只听"轰"的一声，

她已把我包裹，

她的光和热。

一下子把我融化了。

我成了她的核，

她成了我的梦。

阴沉的天空已好久不见朝阳，

今日的清晨，

朝阳仿佛新娘，

一如当初。

心中装着朝阳，

走到哪里都是出发，

走到哪里都有希望。

这首小诗完成于2007年5月，当时我刚毕业参加工作一年。时隔八年再读这首小诗，只觉一股清新的气息扑面而来，让我不得不怀念那时的青春时光和单纯岁月。

（本诗作于2007年5月）

抒 怀

珠江水流何处?

望故乡渺渺,

归思难收。

八百里洞庭碧波,

不见我一叶轻舟。

可叹当年浩然,

徒有羡鱼情。

怎奈海阔天空,

壮志难酬。

风吹云过,

却也一场冷雨,

淋得心凉透。

夜半起相思,

枕边似梦似醒。

可怜玉人入梦,

请我蓬莱仙山做庄主。

问今宵,

谁主沉浮?

长江纵有万里,

留不住一艘船儿。

念去去,

一杯浊酒,两行清泪,

梅子黄时雨。

(本诗作于2007年6月28日)

二伯逝世祭

巴山风雨起仓皇，我自年初到珠江。

昨夜梦乡下大雪，无边无际断人肠。

醒来感知不吉祥，哪知二伯魂西上。

惊闻噩耗不能持，万分悲痛心茫茫。

想起曾经多教诲，历历在目不能忘。

滔滔江水呜咽哭，滚滚山峦泪成行。

从今不见二伯面，日思夜想泪满衫。

此去天堂应无恙，含笑九泉心要宽。

生前美德永留芳，激励后人向前方。

待到山花满山开，家祭不忘焚高香。

2007年10月19日夜，二伯与世长辞，我得知后万分悲痛。因路途遥远和工作原因，不能赶回，心情沉郁，情绪低沉，作此诗以抒怀，并遥祭二伯，天堂走好。

（本诗作于2007年10月19日）

秋日抒怀

秋到羊城桂花开,

如若佳人在。

把酒临风,

引吭高歌,

此兴悠哉!

多情谁似珠江水,

特地映云彩。

天河新景,

越秀古韵,

只待人来。

(本诗作于2011年10月10日)

登 高

心激荡,小蛮腰,江水滔滔。

放眼望,羊城大地,风景正好。

三十多个春与秋,六十余载风和雨。

喜今朝,九百六十万平方公里,国富民强。

金秋日,艳阳高。

太空梦,天宫号。

驾传祺,驰骋天涯海角。

自主创新谋发展,纵横捭阖论英豪。

广汽人,大展宏图,领风骚。

(本诗作于2011年10月17日)

呓 语

秋风紧，

黄叶飞，

凉夜孤枕人难眠。

念去去，

绿树绕人家。

把酒言欢，

笑声遍传，

河水映彩霞。

天渐明，

梦初醒，

突觉泪已流。

可怜心有千千结，

更与谁说？

（本诗作于2013年10月12日）

甲午除夕前夜宿武汉

今夜武昌城,人月均已稀。

卧闻长江水,窃窃思故里。

大海呼儿归,江水东流去。

孰知吾爹娘,却在荆楚西。

(本诗作于2015年2月25日)

百合花在天堂盛开

无意中看见我的 QQ 中,
还有你灰色的头像。
进入你的空间,
却发现早已没了更新,
脑海中储存着你纯真的笑脸,
但那已是七年前的底片。

那年的夏天,
我和你成为同事。
我们面对面坐在一个办公室,
你的耐心、细致和随和,
给我留下深刻印象。
我们是要好的搭档,
你教给我的一些设计技巧,
至今我还在应用,
而你却已不做设计许多年。

我和你的分别,
是在第二年的春天。
告别那个温馨的小镇,

我来到了春意盎然的羊城。
谁知，
这却成了我们的永别。

忘不了我们在一起的最后一天，
依依不舍，
在公司展厅合影。
你悄悄在我脑后举起的剪刀手，
成了我脑海中的永恒。

愿天国的你，
没有病痛，
没有伤心。
相信以你的性格，
定会在天堂的世界里，
种上成片的百合花。
那百合花的洁白与芬芳，
是你的幸福，
更是你的容颜。

（本诗作于2015年6月2日）

傍晚小吟

羊城八月后,时令渐近秋。

斜阳向西去,江水奔东流。

绿树绕低丘,红霞染高楼。

我若为鲲鹏,遨游七大洲。

(本诗作于2015年8月19日)

七夕大雨

天空黑如麻,大雨倾盆下。

雷声震千里,闪电惊万家。

银河浪滔天,鹊桥路无涯。

织女问牛郎,有无玫瑰花?

(本诗作于2015年8月20日)

时有故人来

珠江新城天河西,送别七夕迎故里。

姨妈表妹齐来到,更有同学田书记。

八月南国热浪涌,孟秋羊城雨水稀。

明朝策马游广州,亲情友情话佳期。

（本诗作于2015年8月21日）

我若为花魂

花无百日红，人难千日好。

纵然花欲开，怎料春尚早。

待到花满楼，人去夏也消。

秋风一阵凉，花落万人扫。

万花归寂寞，更遭大火烧。

花灰悄无言，随风舞妖娆。

梦里花如雪，南朝烟雨飘。

菩提树前落，化作莲花笑。

我若为花魂，一心向逍遥。

注：乙未羊年，因腰椎间盘突出，疼痛难忍，偶有心灰意冷之念，后经医治，终有好转。然入秋以来，因过敏又生一病。半年之内，两病至，使吾心低迷。感悟人生如花，好光景只几年，遂成此篇以遣怀。然此不为吾之志也。人生如斯，理当积极为之，而不可消极懈怠。此诗仅为一应景之作尔。

（本诗作于2015年9月9日）

午 后

静卧窗前半眸开,阳光一缕照心海。

回首十年求索路,多少恩师入梦来。

（本诗作于2015年9月10日）

秋

秋风问南国,夏日何其多?

水瘦千里河,叶落万重坡。

(本诗作于2015年9月14日)

清　晨

浓雾锁西塔，乌云罩四崖。

秋风送清凉，小雨润万家。

（本诗作于2015年9月21日）

中　秋

相见时难别亦难，岁岁中秋。

今又中秋，遥敬父母一杯酒。

八月十五月色浓，不似水流。

胜似水流，万类霜天话乡愁。

注：再过四日即为乙未羊年中秋佳节。每逢佳节倍思亲，而中秋作为团圆之节尤甚。值此万家团圆日到来之际，本应阖家团圆，然父母在湖北老家，弟弟在深圳，我们居广州，无法团聚。有感于此，遂成此篇以抒怀。

（本诗作于2015年9月22日）

清晨题廉叔雅苑

菜园光影动,绿叶亦生风。

廉叔真性情,都市一仙翁。

(本诗作于2015年10月3日)

随　想

去时

薄雾清晨上高楼，

漫山遍野绿油油，

青丝飞扬千杯酒。

回时

夕阳残照拂翠柳，

层林尽染已是秋，

两鬓苍苍使人愁。

（本诗作于2015年10月22日）

叶子落了

稻谷香了，

玉米熟了，

田野上的蟋蟀，

敲响了金色的鼓。

高山瘦了，

溪水浅了，

山涧里的蚱蜢，

唱起了紫色的歌。

秋风起了，

叶子落了，

阿妹的红裙子，

点燃了我深蓝色的梦。

（本诗作于2015年10月30日）

羊城之春

乌云层层，

春尚早，

淫雨霏霏，

池边草，

杨柳青青迎翠鸟。

江水滔滔，

晴方好，

落英缤纷，

无人扫，

多情反被无情恼。

（本诗作于2016年2月24日）

天渐晚

东荟渐觉风光好，蛙声一片迎晚照。

落日余晖千万里，云海翻腾战马啸。

浮生如梦闲暇少，欲留光阴天不老。

谁家有酒祭今朝？话音未落月已高。

自6月18日正式入住东荟城以来，愈发喜爱东荟城的风景与时光。然而，每日早七点出发，晚七点方归，每天往返于东荟城与珠江新城间，只觉时光匆匆如流水。感叹于风光的无限和时间的有限，遂作《天渐晚》以抒怀。

（本诗作于2016年6月27日）

晨曦小吟

昨夜难入眠，辗转三更天。

游子怨遥夜，故乡彩云间。

今日一早起程回湖北，昨夜难入眠，几次醒来，看见夜色依然，愈发难眠，真可谓"身在广州，心已故乡"也。

（本诗作于2016年7月30日）

致阳台上的烟灰

漆黑的夜色里，

一颗星星在闪烁。

时明时暗，

似有还无，

点燃吸烟人的梦。

轻轻地一弹，

烟灰滑落、飘散。

那飘散的烟灰，

优雅、自信而执着。

它从容地，

从容地落入，

落入别人家的阳台。

那飘散的烟灰，

仿佛是被遗弃的孩子，

又像是被丢弃的花儿。

虽然飘散的姿态，

是那么优雅、自信又执着，

但从此的流浪，

却又令人惋惜，凄清又惆怅。

它让人感到痛快，

却污染了别人的梦。

愿阳台不再有烟灰，

愿烟灰不必再流浪。

（本诗作于2017年）

大雨淋湿了我的阳台

大雨来了,

推着厚厚的云,

领着薄薄的雾。

翻过远山,

越过小河,

淋湿了我的阳台。

大雨来了,

伴着隆隆的雷声,

挟着金色的闪电。

穿过村庄,

掠过树梢,

淋湿了我的阳台。

大雨来了,

带着潮湿的气息,

迈着轻快的脚步。

走过窗前,

路过墙边，

淋湿了我的阳台。

大雨来了，

淋湿了我的阳台，

也淋湿了我的梦。

（本诗作于2018年7月8日）

神农架

气蒸神农架,雾里有人家。

我住南山下,欲说已忘言。

(本诗作于2018年8月7日)

独 酌

独酌故乡酒,品味相思愁。

母亲或已睡,窗外月如钩。

(本诗作于2018年11月24日)

月季花开

阳台月季暗香浮,顾盼多姿胜名姝。

鲜艳花朵惹人醉,叫我如何把酒沽。

(本诗作于2018年11月26日)

梦里写的诗

站在城市之边，

一边是一望无际的稻田，

一边是一望无际的高楼。

（本诗作于2019年1月20日）

让我为你卸下战衣

看着你这一身的泥浆，

我心中对你不胜感激。

这哪里是什么泥浆，

分明是你征战春运沙场的荣光。

感恩有你，

一路的相伴。

十天三千公里的征途，

你没有掉链子。

今晚，

洗车店还没营业，

无法送你去洗个酣畅淋漓。

但这又有何妨，

且让我亲自为你卸下这穿越千山万水的战衣！

（本诗作于2019年2月11日）

幺妹已回大野

一觉醒来,

窗外已是万家灯火。

抬眼望,

满城尽是蒙蒙细雨,

惊回首,

幺妹已回大野。

夜雨淅淅沥沥,

夜色朦朦胧胧,

夜风冷冷飕飕。

今夜的广州,

冷清又寂寞。

空气中,

弥漫着潮湿的气息,

连着心儿也是湿的。

公交站空无一人,

就连长长的路上,

也没有人的影子。

下意识握紧伞柄，

在雨中小心行走着。

以为这样，

就能遇见幺妹。

却发现，

除了滴滴答答的雨声，

没人回答我。

透过路灯洒下的光，

我看见，

细细密密的雨丝，

源源不断地落下来。

那每一滴雨，

仿佛都在说，

幺妹已回大野。

（本诗作于2019年5月）

遐 思

宁静的夜晚，

我独坐池边。

池塘里映着一轮明月，

像极了你的眼。

我弹起心爱的吉他，

不由得想起远方的爹娘。

心潮随着节奏起伏，

仿佛是故乡的层层山峦。

月色如水，

淹没了我的思绪。

夜雨小唱

有风来兮，

微凉。

忽而，

窗外已是密密的雨。

抬望眼兮，

朦胧。

少顷，

夜色浸入雨声灯影。

蓦回首兮，

苍茫。

良久，

始觉秋之将至。

（本诗作于2019年9月3日）

吃粑粑

小时候，

吃粑粑是一种无奈。

不吃会饿，

吃又难咽。

长大后，

吃粑粑是一种思念。

我在此地，

娘在彼方。

后来啊，

吃粑粑是一种幸福。

我在羊城，

妹在大野。

而现在，

吃粑粑是一种乐趣。

我在看着，

妻在忙着。

晚上，妻子又做了我爱吃的玉米粑粑。一时兴起，仿照余光中先生的《乡愁》写下这首《吃粑粑》。

（本诗作于2021年3月7日）

夏夜与山野君饮酒

今夜酒一杯，问君欲何归？

君言不得意，归卧南山陲。

晨起扫白云，午后听蝉鸣。

月下且斟酒，月落梦已酣。

天明闻犬吠，原是故人来。

杀鸡又饮酒，谈笑有余闲。

茶香绕庭院，绿荫落堂前。

山花自在开，野果无人采。

故人行将别，送至南山前。

回时黄昏后，鸟鸣池塘边。

如若陶公在，应与君作邻。

此乃真性情，我自愧不如。

今夜与君酌，何时复相逢？

莫言城中事，何日不相见。

壬寅初夏之夜，与山野君小酌，作此篇。

（本诗作于2022年5月10日）

奔跑的意义

外面，细细的雨，

身上，密密的汗。

额头上慢慢滑落的，

是汗，

还是雨？

也许，这是雨，

带着夏的气息。

也许，这是汗，

藏着奔跑的秘密。

或者，是上天赏赐的甘霖，

或者，是上辈子的情人流下的泪滴。

生，当如夏花，

死，亦当繁华。

用我的脚，

丈量足下的土地。

奔跑，无论风雨，

坚持，就是意义。

夜，又何妨，

雨，又何惧。

黑夜给了顾城黑色的眼睛，

他却用它寻找光明。

奔跑给了我咸涩的汗水，

我要用它创造奇迹。

采一袖夜风，

在夜风中呼喊。

握一手光阴，

在光阴中放歌。

像风一样，

像风一样地，

呼啸、奔跑、径直向前。

（本诗作于2022年5月14日）

虎耳草

小时候，
虎耳草是一种野草。
长在山边，
爬满地头。

后来啊，
虎耳草是一道风景。
长在庭院，
爬满墙头。

而现在，
虎耳草是一份思念。
长在老家，
爬满心头。

前些日子，芳妹发了一条她拍摄的各种花草的视频。视频中，除了鲜艳的玫瑰花，还有虎耳草，莫名地勾起了我对儿时的记忆和对故乡的思念。遂请芳妹将视频发给我看看，乃作此篇。

（本诗作于2022年5月25日）

午 后

午后天似墨,风横雨滂沱。

霹雳一声雷,云开天地阔。

（本诗作于2022年5月29日）

业务人在北京

清晨，阳光，

金子一样的颜色。

爬进我的窗，

洒满我的床，

房间，温暖而亮堂。

昨天，

再多的曲折，

都已是故事。

放下，

去朝阳里，

迎接新的开始。

业务人，

一路前行。

办法总比困难多，

不经历风浪，

怎能成为真正的水手？

（本诗作于2022年8月23日）

凌晨一点

午夜点燃一支烟，

在烟的雾里，

我回望一天的成绩。

站在窗前，

深吸一口，徐徐吐出，

烟圈儿缭绕、变淡、消散。

最怕静下来，

孤独犹如魔鬼，

撕咬。

午夜吸完一支烟，

在烟的雾里，

我看见巴山珠水。

（本诗作于2022年8月24日）

题南护城河

杨柳依依河水平,半河春色半河青。

北国风光美如画,直把京城作羊城。

(本诗作于2022年8月27日)

小年自琼返粤二首

等候

头顶一片月,千车夜色中。

大雾锁琼海,熄火等复航。

归途

凌晨奔赴新海港,乘船渡海等候长。

君问此行向何处?大海对面是故乡。

(本诗作于2023年1月4日)

夜　雨

万道闪电从天降，不尽雷声滚滚来。

无边暴雨随风至，洗尽铅华万物新。

（本诗作于2023年5月18日夜）

仲春首次小区漫步

绿树红花二月天，桂子飘香又一年。

池塘水暖阳光照，光影舞动山水间。

回首向来登临处，栉风沐雨苦亦甜。

韶华易逝春易老，挥毫泼墨写新篇。

（本诗作于2023年3月5日）

夏日午后湖边行

波光粼粼草木新，水天一色无纤尘。

绿荫不减来时路，数朵红花醉游人。

（本诗作于2023年6月11日）